東海道鶴見名物のよねまんじゅう
小豆こし、白、梅の三種の餡

塩味の煮ササゲをまぶしたささげ餅

ねりきり製の鶴が勢揃い
正月や婚礼などのお祝いに

色も形もとりどりの落雁
打菓子では和三盆が最上

岡山名物きびだんご
鬼退治あっての御土産菓子

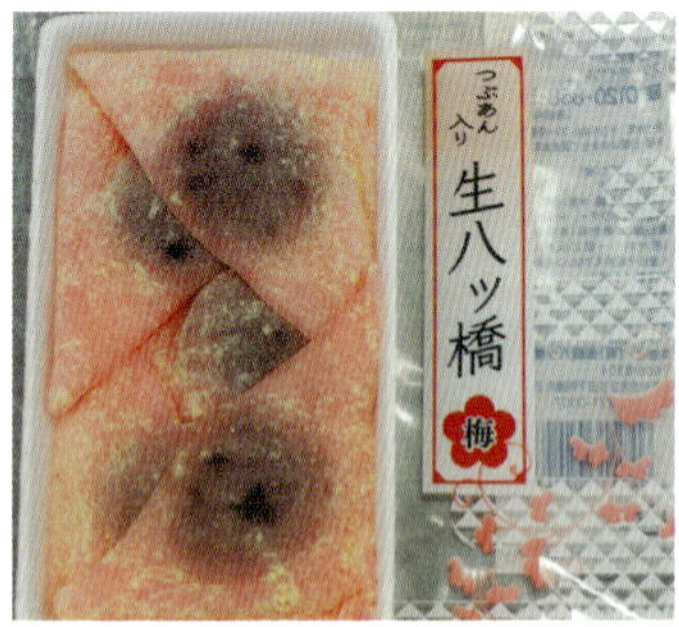

京名物八ツ橋の生タイプ

蕎麦粉のクッキー　京の蕎麦屋さん製造

ユズ餡をカステラで巻いた
和風のロールケーキ　四国松山産

伊賀名物の堅焼煎餅忍者の携行食に堅く焼かれたとか

家庭でも作られてきた盛だんご

上用製のあやめまんじゅう

小豆餡包みの桃山のしっとりした焼き上り

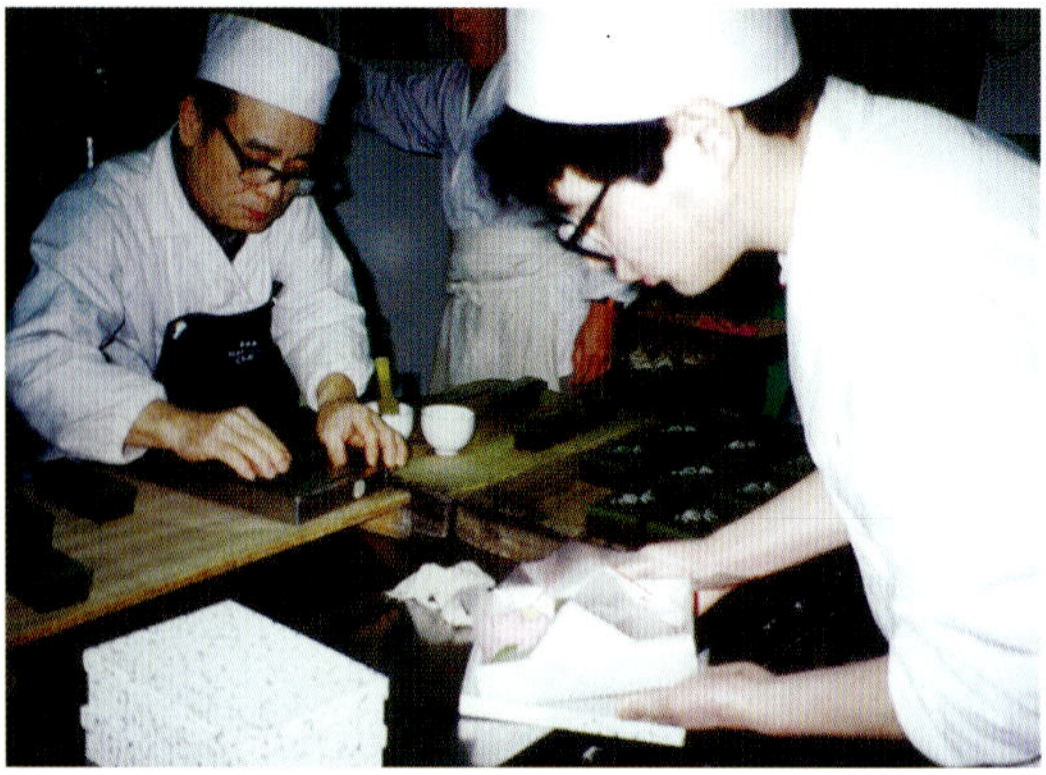

慶事用の菓子折の制作中
奥は羊羹に模様をすり込んでいるところ

小判形のまんじゅうに紅葉の模様を
焼きつけたもの　春日饅頭

出来上ったばかりの蒸羊羹
寒天を塗ってから小口に切り分ける

マシュマロ製の鮎　夏向きのお茶菓子

甘味歳時記　続お菓子俳句ろん

I　お菓子百選

III 鶴見名物米饅頭考

表紙・カバーデザイン　田村祐子
写　真　田村幹夫

I お菓子百選

新年

花びら餅

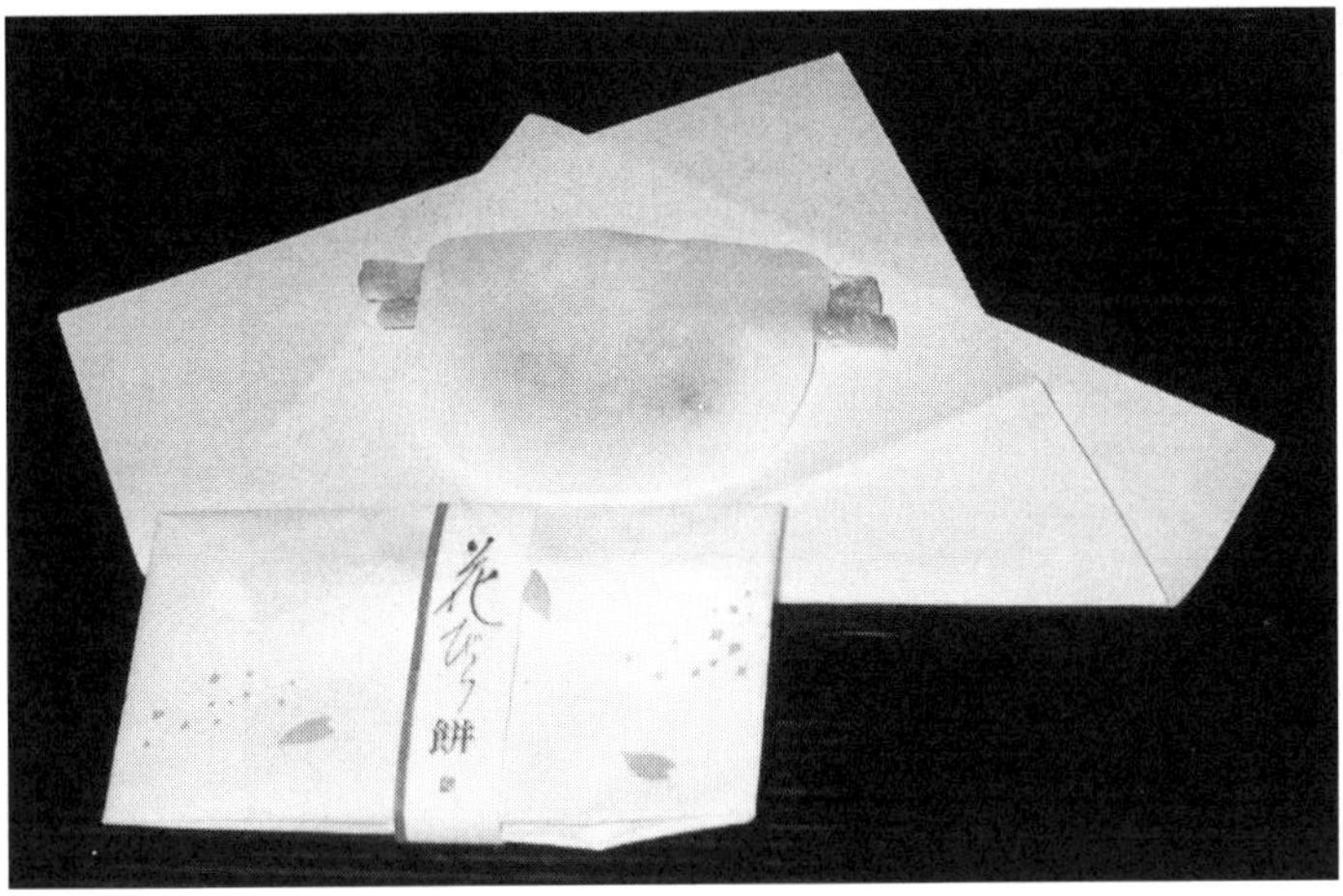

着飾つて花びら餅の紅透ける　博二

最近、正月の茶会には花びら餅が使われることが多い。ぎゅうひを丸く伸ばしたものに、蜜煮のごぼうと味噌餡をのせて編笠状に折ったものだが、中に菱形の紅いぎゅうひがそえられていることがある。

花びら餅は正月の鏡餅の上にのせる薄い円形の白餅のことで、更にその上に同じく薄い菱形の赤餅をのせ、菱はなびらとして鏡餅を飾っていた。室町ごろに始まるようだが、現在も宮中にはこの風習がのこっているといわれる。

昔、歯固（はがため）といって、正月三ヶ日に固い物を食べて歯を丈夫にし、健康と長寿を祈る行事があったが、花びら餅もその一つ。ごぼうは押鮎に見たてたもの。菓子としての花びら餅は、明治中期に京都の道喜が売り始めている。

ふるさとの花の干菓や初茶の湯　村山　古郷

鏡餅

一門の並びてゆゆし鏡餅　　　武原　はん

吉右衛門邸と前書のある句。六代目菊五郎と共に菊吉時代を作った先代の中村吉右衛門は俳句の名手でもあった。鏡餅は略してオカガミといい、関東ではオソナエ、西国ではオスワリともいう。一般には中高に作られるが、関西では腰の低い偏平な形が特徴である。

平べったき餅を飾りて閻魔堂　　　博二

鏡餅は古くはモチヒカガミで平安初期から使われ始めた。鏡であるからには平べったい円形が本来のもの。後に武士が甲冑に供える鏡餅を具足餅と呼び、室町末頃から知られるようになった。鏡から供える物となれば中高の方が形がよく見える。鏡餅は長く飾るのでカビが生え易いが、餅の表面に度数の高い焼酎などを塗っておくとよい。

門弟の名札そろふや鏡餅　　　中村　吉右衛門

鏡開き

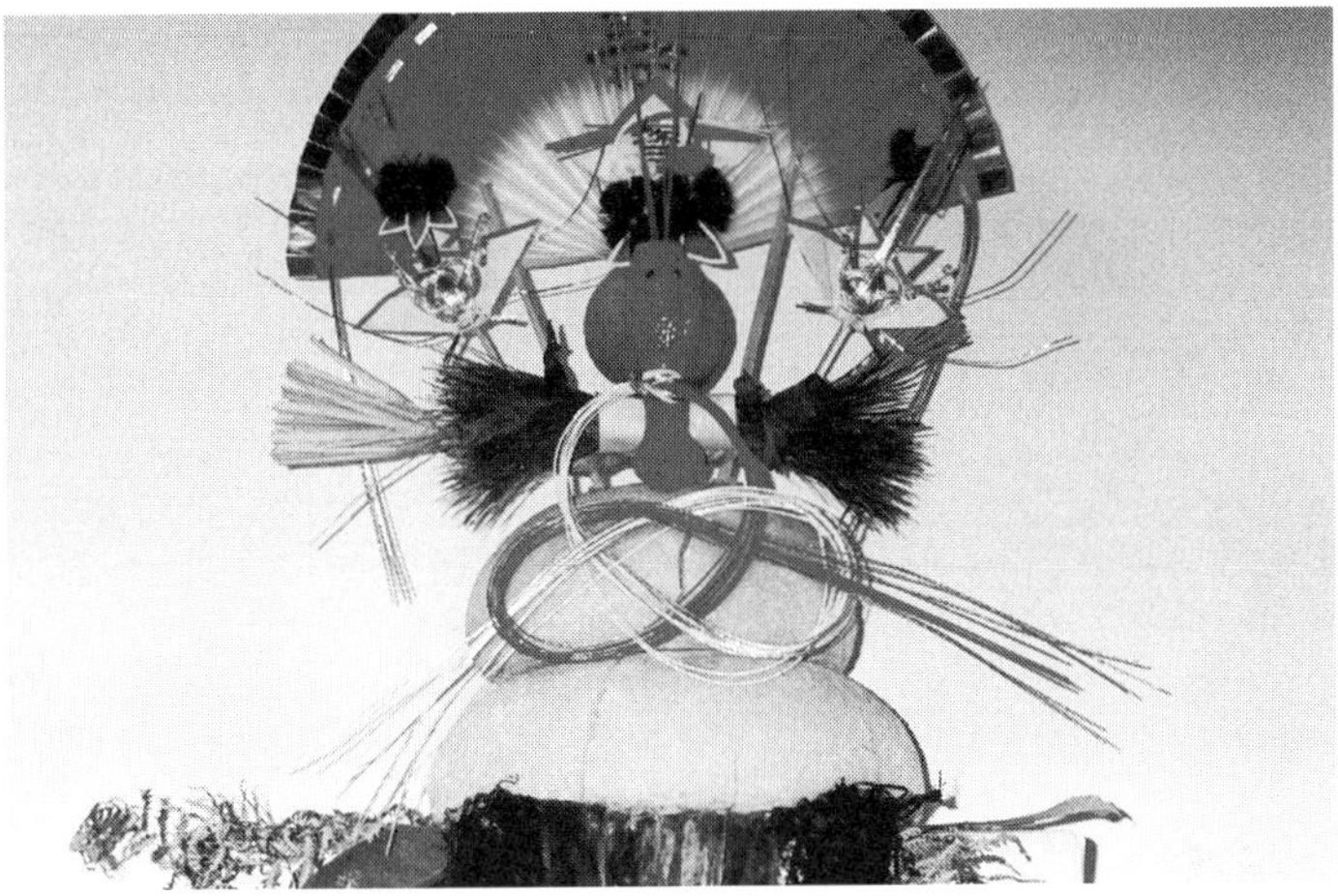

伊勢海老のかがみ開（びらき）や具足櫃　森川　許六（きょりく）

具足櫃は武士の大切な甲冑を入れておくもの。許六は芭蕉晩年の弟子で彦根藩士であった。町家では鏡開きを蔵開き、帳開きといい、汁粉にして祝ったが、小豆は煮ると割れ易いので俗に腹が切れるといい、武士は雑煮としていたが、酒の関係もあったかも知れない。

鏡餅は縁起をかついで開くというが、

相撲取の金剛力や鏡割　村上　鬼城（きじょう）

などと鏡割の名もある。鏡を割るのは破鏡（離婚）に通じるから、この鏡は酒樽のふたで、祝事に鏡抜きをすることに由来するとも思えるのだが。

鏡開きは古くは二十日で、男は刃柄、女は初顔と共にハツカにかけていたが、徳川家光が慶安四年四月二十日に死去したことから十一日に改められた。次はその古い例。


われぬるや二十日の月の鏡餅　北村　季吟（きぎん）

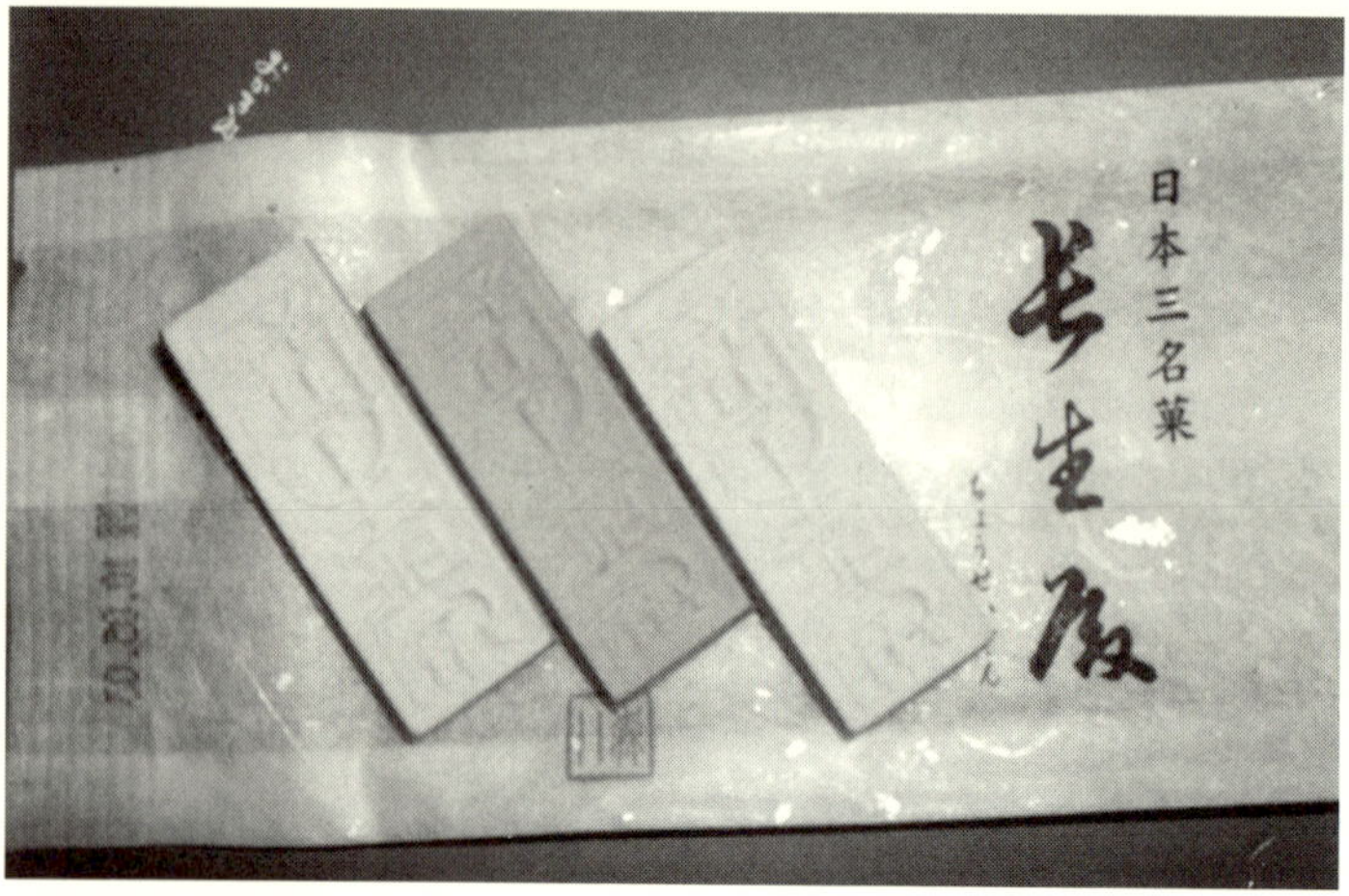

長生殿

到来の加賀落雁や初点前　博二

加賀の金沢は京都と肩を並べるほどに菓子でも知られているが、中でも加賀落雁は有名である。御所落雁の系譜と引くといわれるが、京で生まれた御所落雁も、餅米で作った干しいいを挽いて、砂糖の蜜で固めたおこしに過ぎなかった。加賀落雁では何といっても森八の長生殿であろう。ただ落雁の歴史からいって現在のような落雁が出来るのは十八世紀末なので、長生殿の文字が小堀遠州が書いたものだというのは少々あやしい。

江戸後期、現在の形となった長生殿は、長岡の越乃雪、松江の山川と共に日本三大名菓と称せられていたことは確かである。

加賀の餅米製の落雁粉と阿波の和三盆糖でつくる味は落雁の代表として、三大名菓の筆頭にふさわしい。

長生殿口中に溶け初電話　博二

切山椒

夫婦とも浅草生れきりざんしょ　下田（しもだ）実花（じっか）

吉右衛門氏と共に除夜詣と前書のある句。勿論、先代の中村吉右衛門で、実花は当時新橋の名妓であった。

切山椒は山椒をまぜて着色したすあまを細く長方形に切ったもの。俳句では新年の季語となっている。主として紅白に作られることが多いから正月向きなのだろう。小堀遠州好みともいわれるが、江戸時代の終りごろから酉の市で売られ有名となった。現在でも浅草の酉の市では見られるが、淡白なその甘味には下町の感じがある。

関東ではすあまといえば甘いしん粉餅をさすが、本来のすあまは州浜と書き、京都の名物で、きな粉を主原料とした物。江戸時代の随筆『嬉遊笑覧』にも「州浜は飴ちまきからの移行とし、豆粉也」とあり、今日でも変わらない。ただ甘いしん粉餅のルーツは古く、平安初期からあった。

独り居のうすうす甘き切山椒　小沢　萩雨（しゅうう）

しんこ細工

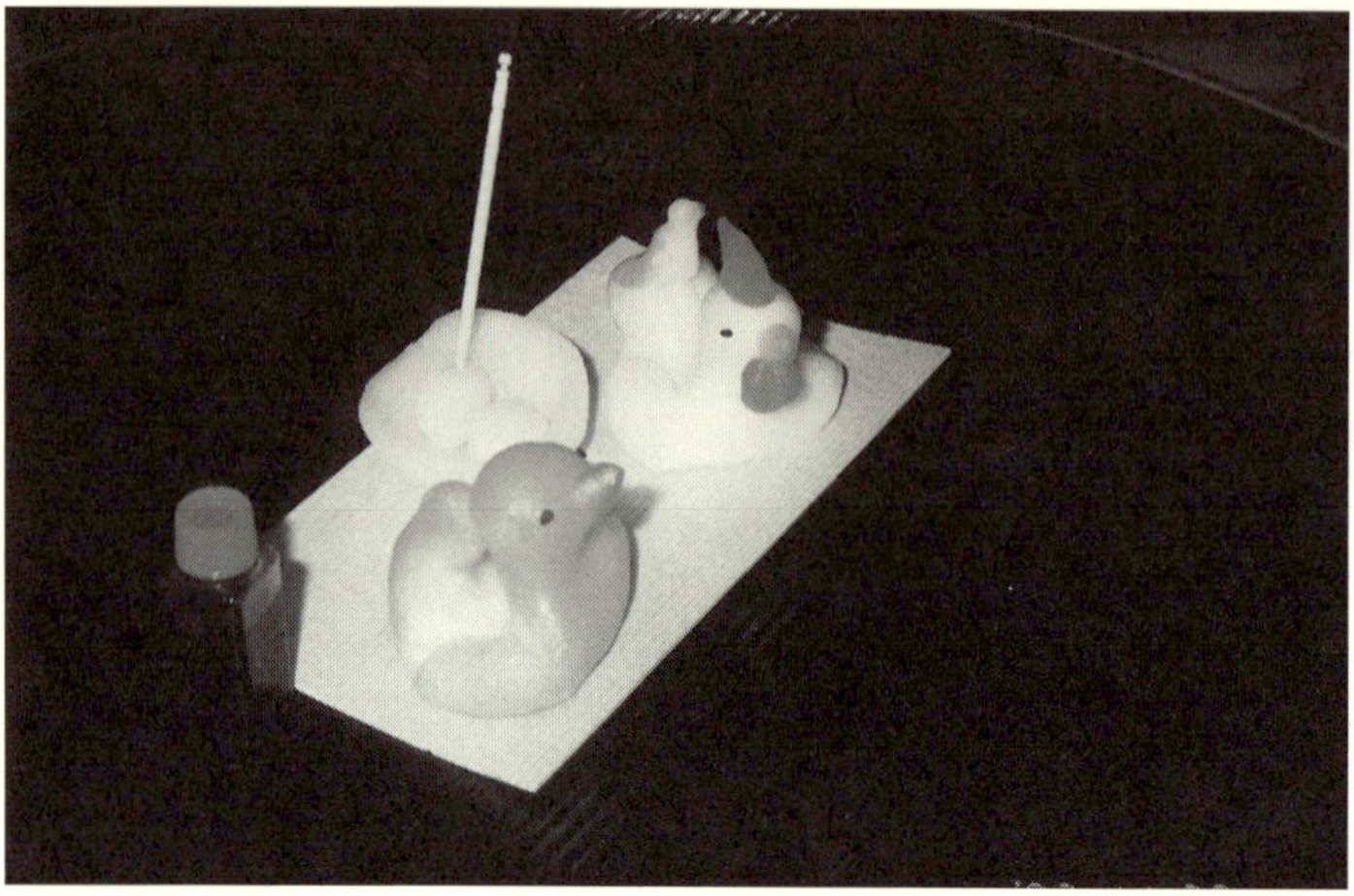

藪入や糝粉細工の親子鶏　　博二

一月十六日は使用人が一日仕事を休み、親もとへ帰る日などといっても今では無い。同じ様に糝粉細工（しんこざいく）といっても知らない人が多くなった。糝粉（しんこ）は飯米を粉にしたもので、これを蒸して餅に搗いたものを着色し、鳥獣花木などの形につくる。それを経木にのせ、黒蜜を添えたものをしんこ細工といい、路上の屋台で商っていた。

しんこ馬も今や引くらんもち月夜　　『毛吹草』

『毛吹草（けふきぐさ）』は江戸初期の俳諧書。しんこ細工は江戸以来行商する者が多く、明治中期には東京市内のしんこ細工屋は二千人に達したが、大正以来激減し、現在では一人になってしまったという。どちらかといえば子供のおもちゃ代わりであったが、客の求めに応じ鋏一つで迅速に、動物でも花でもそれらしく作る芸は楽しいものである。

しんこ細工まだある隅田初詣　　博二

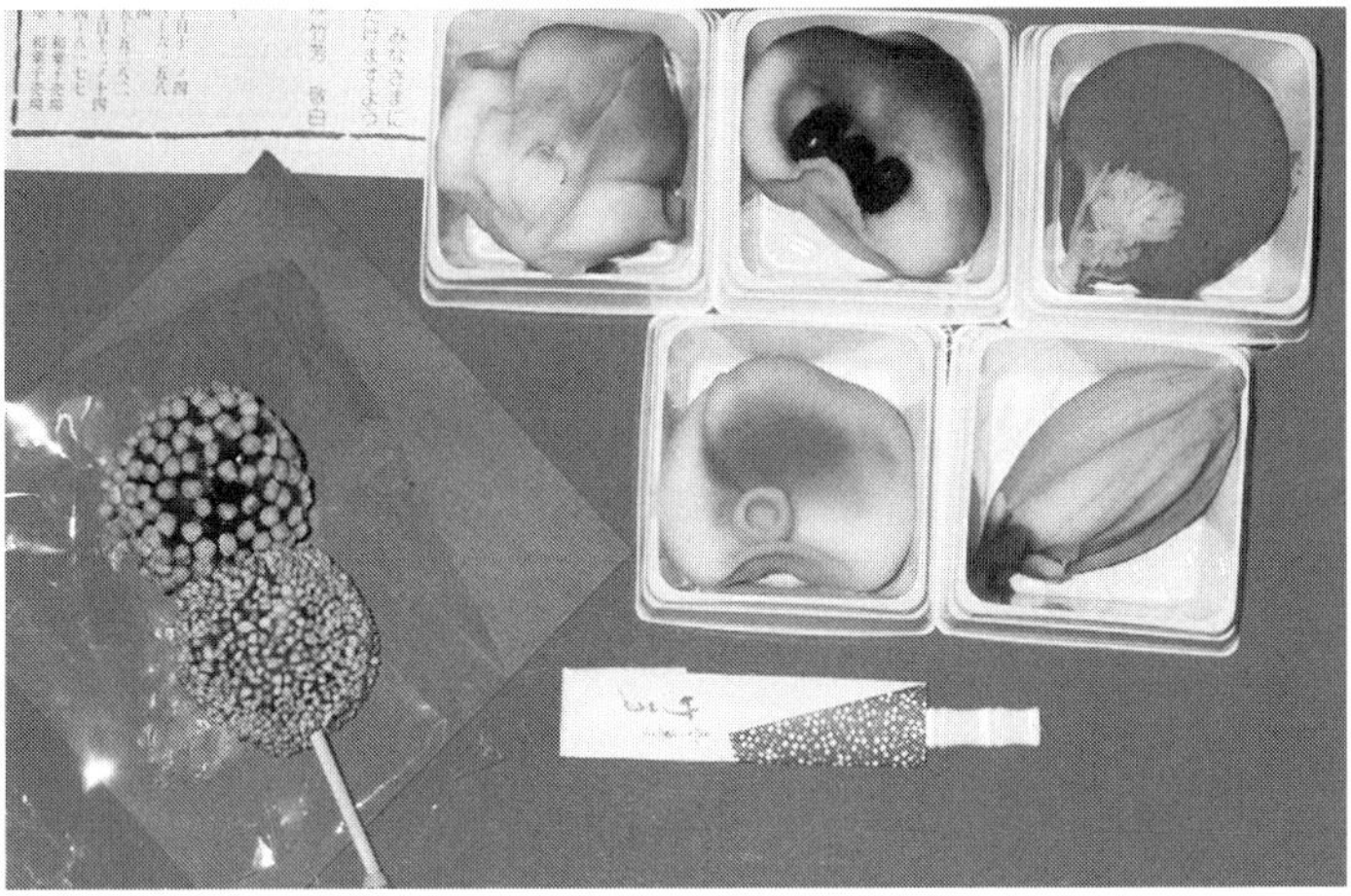

正月菓子

めいめいに色めくお菓子初句会　　菅裸馬（すがらば）

正月の菓子には彩りが欲しい。進物、来客用とも合せ単に味覚だけでなく視覚的にも正月らしさが要求される。正月用の菓子としては求肥、蒸し物、羊羹など種類は多いが、中心は煉切りだろう。材料さえ吟味してあれば、丹念に煉りあげた煉切りは思ったよりも低甘味で食べ口もよく、色彩形状とも自由になるのがよい。松竹梅や鶴亀、その年の干支を意匠化したものなど新年向きである。

岳麓や正月菓子の色ぞ濃き　　北野　民夫

正月菓子の中でも特色あるものといえば茄子の砂糖漬だろう。初夢の一富士、二鷹、三茄子にちなんでの初夢漬。小さめの秋茄子の表皮を竹べらでそぎ、へたごと何回も糖蜜で煮込む。最後に砂糖でまぶして出来上り。千葉県の八日市場市の鶴泉堂の名が知られている。

初夢のなすびの色も雪深く　　博二

咳止飴

飴なめて喉をおさへてしづかにゐ　下田実花（しもだじっか）

新橋の俳諧芸者として知られた実花は虚子の「ホトトギス」同人。また昭和俳句に大きな影響を与えた山口誓子の実妹でもあった。

飴菓子は一時需要が停滞したが、健康によいとの宣伝でのど飴などが売り出され、ブームとなった。都市生活のひずみで、のどや気管を痛める人がふえたことと、携帯に便利な形としたことがよかったのかも知れない。

飴は日本書紀にも見られるほど古くからあり、人々に親しまれてきた。昔、砂糖が医薬品として扱われていたように、飴も滋養強壮によいとされている。千歳飴という名はその象徴だが、やはり咳やのどに関するものであろう。縁日や各地のお寺に多く懐しいが、みな咳止めや痰切り飴の名でよばれている。

飴切りの音を浴びつつ初大師　博二

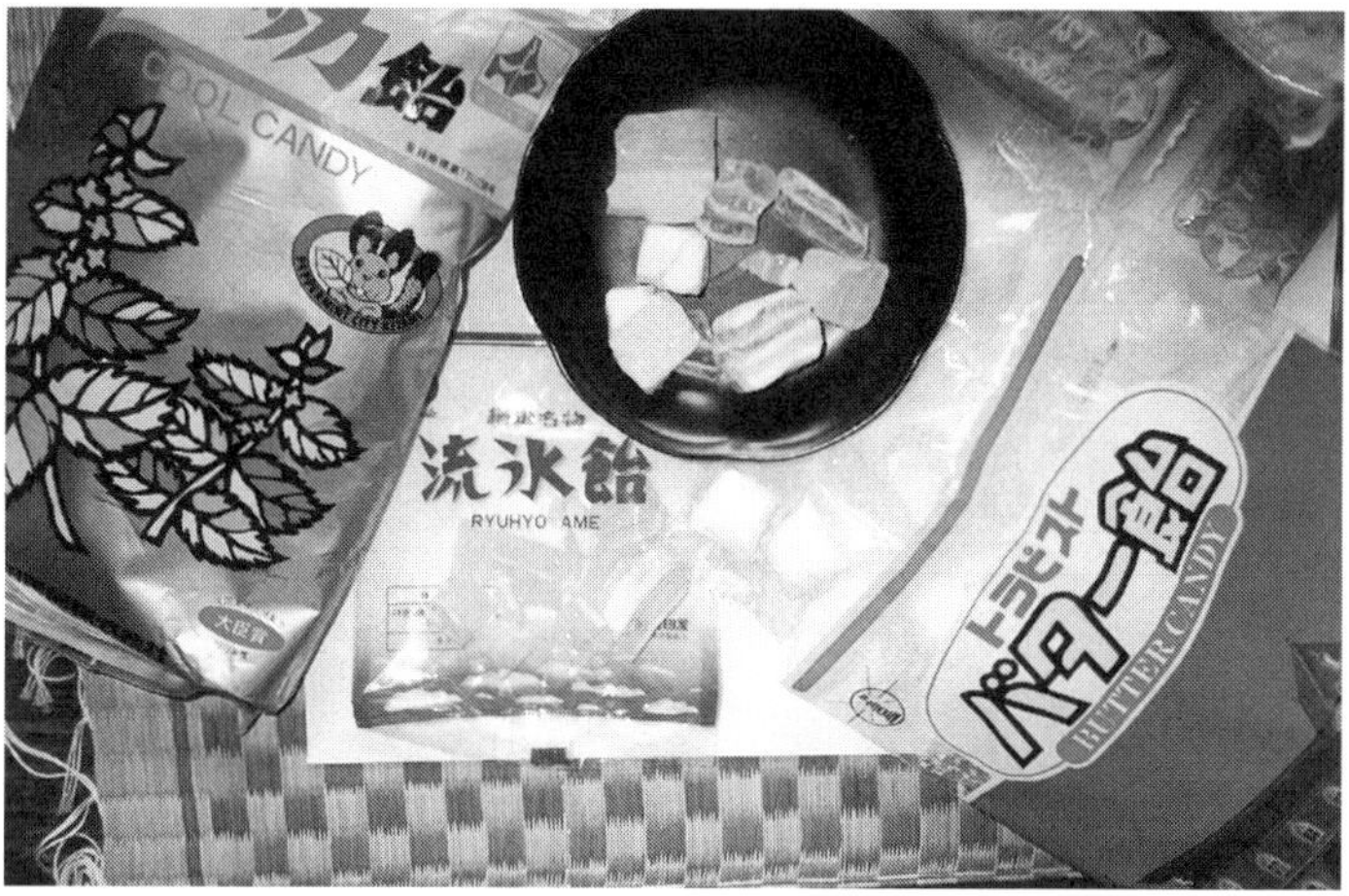

流氷飴

流氷の縞目模様に飴欠かれ　　博二

北海道は寒い季節がよい。流氷はその代表的な景観の一つ。広いオホーツク海が一面に氷で覆われるのだが、気候条件によって異なるので旅行者が出会うことは仲々難しい。流氷飴は透明な飴に白いバター飴を縞模様に薄く流し合せ、それを何層か重ねて小さく砕いたもの。氷に似て冷たそうな感じがよくでていて楽しい。

釧路近郊にある丹頂鶴の営巣地もこの時期華麗な絵巻をくりひろげる。博多名物の鶴の子はマシュマロに黄味餡を入れたものだが、ここではカステラ饅頭に白チョコをかけて鶴の玉子としていた。

また北海道では熊のことを山親爺ともよぶ。和風のサブレに似た菓子の山親爺は、昭和初期、函館の千秋庵から売り出されたもの。バターと牛乳のハイカラ味。

山親爺・鶴の玉子も北の菓子　　博二

葩煎（はぜ）

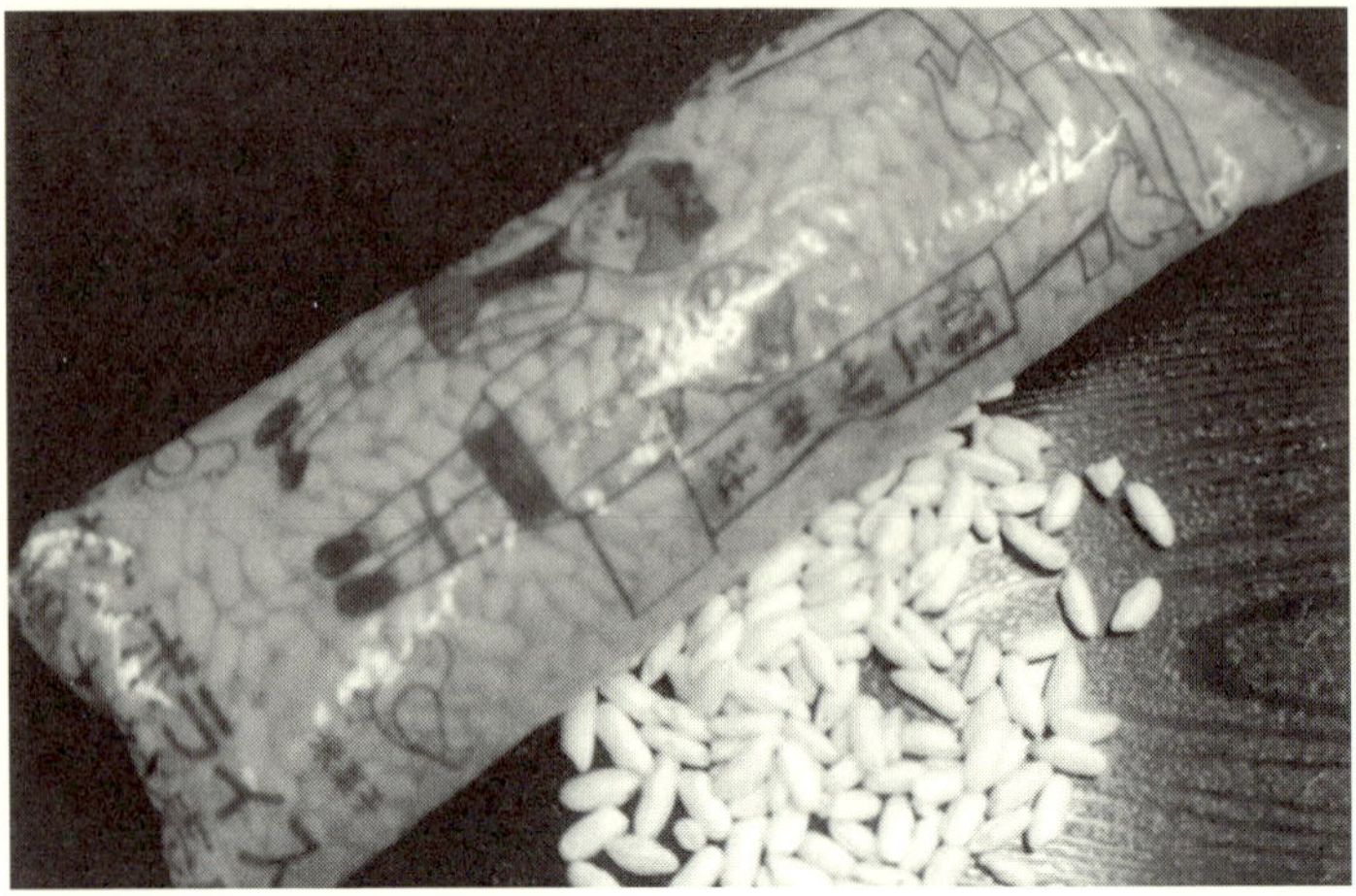

正月の葩煎のあま味もうすら寒む　上川井（かみかわい）梨葉（りよう）

糯米（もちごめ）を炒って爆（は）ぜさせたもの。白い花に見えるので米花とも言い、正月の祝いに使われた。蓬莱台に飾って年賀客へ供したり、家中に撒いたりもした。大阪の十日戎（エビス）で売られているが昔からある駄菓子の一種である。

はぜ蒔いて童這はする遊びかな　銀獅

豆や細かく切った餅を炒ったものに葩煎を加え、砂糖で味を付けると雛あられで戦前まで家庭で作られていたが、昭和二十一年、小諸に疎開していた高濱虚子の句に「雛あられ染める染粉は町で買ひ」がある。先頃伊豆の三嶋大社の例祭で売られていた鯉の餌にも葩煎が利用されていた。

池へ撒く葩煎は鯉の餌夏祭り　博二

餅花・繭玉

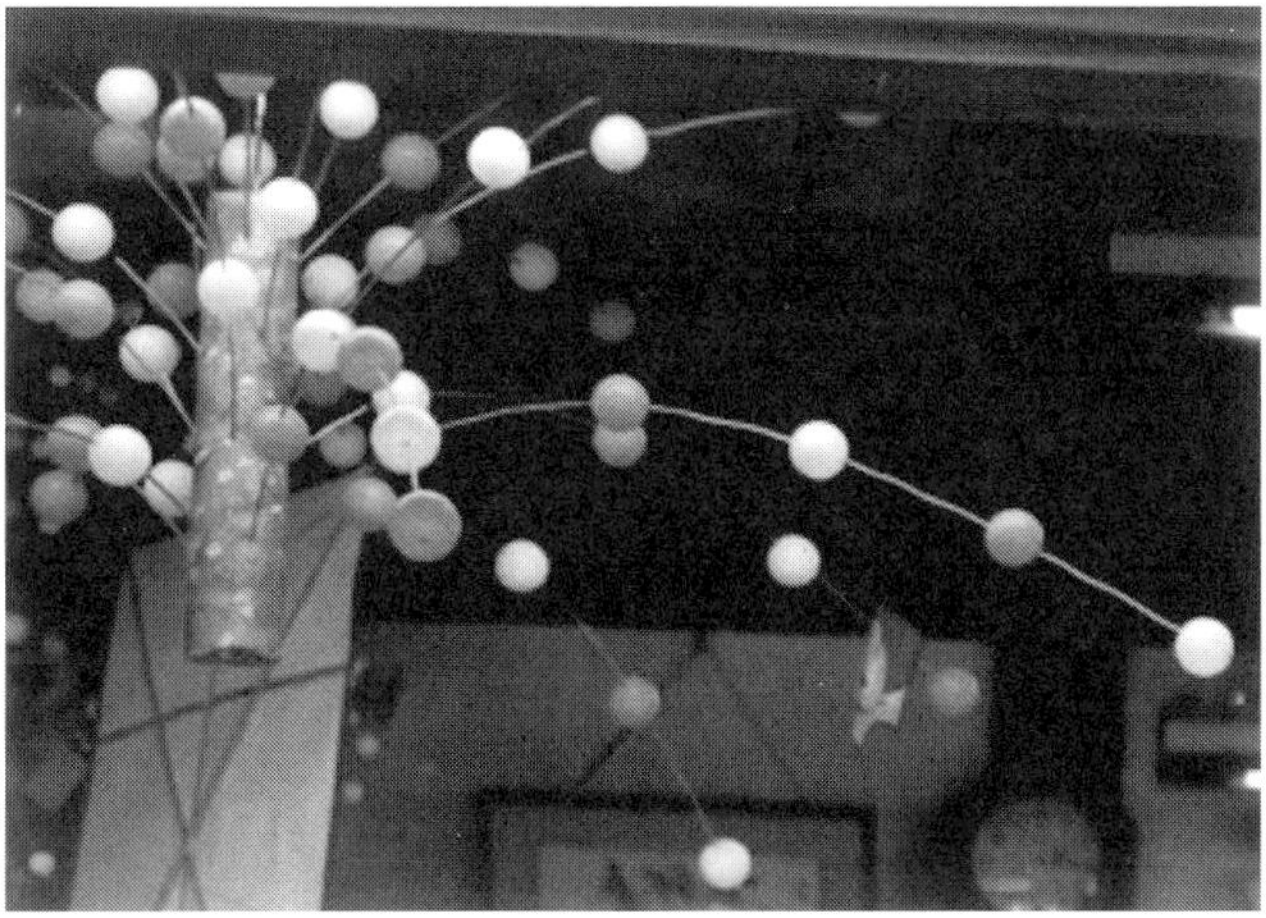

餅花と女房に狭き帳場かな　　高濱　虚子

小正月の飾り木。柳やみずきなどの枝に小さな餅を沢山つけて神棚近くの柱などに飾る。養蚕の盛んな地方なら繭玉だが、団子花、稲穂など名称は様々。新年の縁起物に小判や宝舟など垂した美しいものもある。

まゆ玉のおもちやづくしや揺れてをり　　下田　実花

繭玉の餅など数日間は飾られているが、小正月の左義長で焼かれて食べられることも多い。餅花を貯えておき二月の涅槃会に煎って供物とする地方もあり餅花煎といわれる。

日を経つつ繭玉も憂き旅籠かな　　雛津　夢里

また寒冷の地では繭玉を保存して田植の頃に食べることもある。次は湖北の浄光寺の餅花。「おこない」という年頭の農祈願祭で二月十七日に行われている。

十一面さまや餅花手ちぎりに　　古沢　太穂（たいほ）

越乃雪

寒明けや長岡大和屋越乃雪　　筧　槙二

江戸後期、日本三大名菓の一つとして知られた越乃雪は新潟県長岡市の大和屋の創製である。

越乃雪は杉折にきっちりと詰められた角砂糖大の落雁。さわればすぐ崩れそうな脆い菓子で、越後の寒ざらし粉と和三盆糖が原料。餅米を蒸して乾燥させたものを炒り、粗目に挽いて作った寒ざらし粉のやや粒の残る感じがいい。

江戸時代の文献によると、越乃雪は落雁の中でも白雪糕（はくせっこう）とよばれるもの。白雪糕は現在ではまぼろしの菓子になってしまったが、うるち米の粉を使った落雁であったらしい。

七人目白雪糕で育て上げ　『柳樽』65

とあるように、湯などに溶かして母乳代用品としても利用されている。越乃雪のように溶け易い菓子だったのだろう。

白雪糕に泣子すやすや　『俳諧けい』文政10

年の豆

三つさへかりりかりりや年の豆　　小林　一茶

一茶には別に「生栗をがりがり子どもざかり哉」と子供の歯の良さを羨んだような句もある。もっとも「かくれ家や歯のない口で福は内」と詠んだ一茶のことだから、晩年は歯に悩まされていたのかも知れない。

節分は季節の分かれ目だから年に四回あるのだが、特に立春の前が重要とされるのは室町に入ってからで、十五世紀の始めごろ豆まきも始められている。

あたたかく炒られて嬉し年の豆　　高濱　虚子

最近でこそ煎り豆は影が薄くなっているが、以前は最も身近な菓子の一つであった。日常もよく食べられていたが、豆炒りといえば雛あられのことで、俳句の季語にもなっている。地方にも豆菓子は多いが、特に京都の五色豆や高山の三島豆などは有名。

五色豆かたみに春を惜しめとて　　岩満　重孝

春

チョコレート

クレヨン画に飴添えバレンタインの日　博二

二月十四日に女性からの贈り物というのは、たとえどんな理由であっても、世の男性諸氏にとっては何となく心ときめくもの。別にチョコレートでなくても、心のこもったものなら何でもよい。

チョコレートの原料であるカカオ豆はメキシコ原産。スペインに渡ったのは古く、一五一三年のことだが長い間ココアとして飲料とされるのみだった。チョコレート菓子が初めて作られたのは一八四二年ごろの英国で、板チョコは明治九年にスイスで考案されている。日本で初めてチョコレートを製造販売したのは銀座の米津凮月堂（明治八年）で、貯古齢糖と名づけて新聞広告も行った。後に森永太一郎が製造に着手し、大正七年の新工場によって工業化することに成功した。

春隣子が父に買ふチョコレート　御子柴（みこしば）　弘子

飴細工

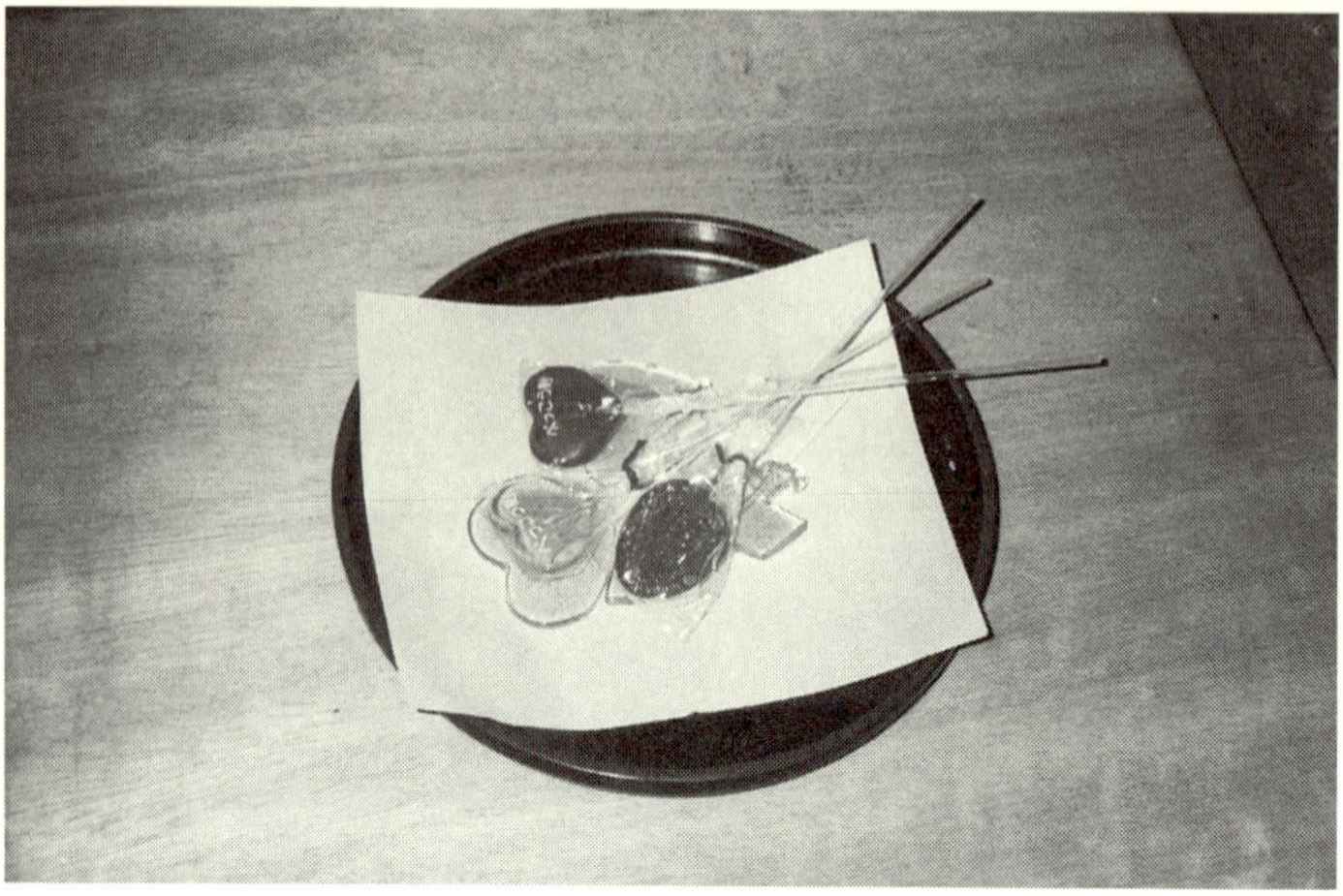

はるかぜや鳴出しさうに飴の鳥　　　小林　一茶

一茶には食に関するものが多いが、右は最近発見された未公開の俳句の一つ。江戸時代を通して多くの飴が売られたが、単に飴を売り歩く者を飴売といい、同じ行商でも飴細工は飴屋だった。飴細工は江戸の中ごろから見られる。火にかけて軟らかくした飴を熱を逃さないようにして加工するのだが、鳥が多かった。

飴の鳥吹きはじまりは玉子程　　　『柳樽』

江戸時代ではガラス細工のように飴玉を葭の茎の先につけて吹き、鳥の形になると鋏を嘴などに入れ、形を整えて彩色して出来上り。

この息を吹きこんでつくる方法は現在では行われず、芯まで白飴で作っている。また今日見られる飴細工の多くはアルヘイ糖を使ったもので、昔の飴細工は少なくなった。

梅の宮昔のままの飴細工　　　荒川　よしを

鶯餅

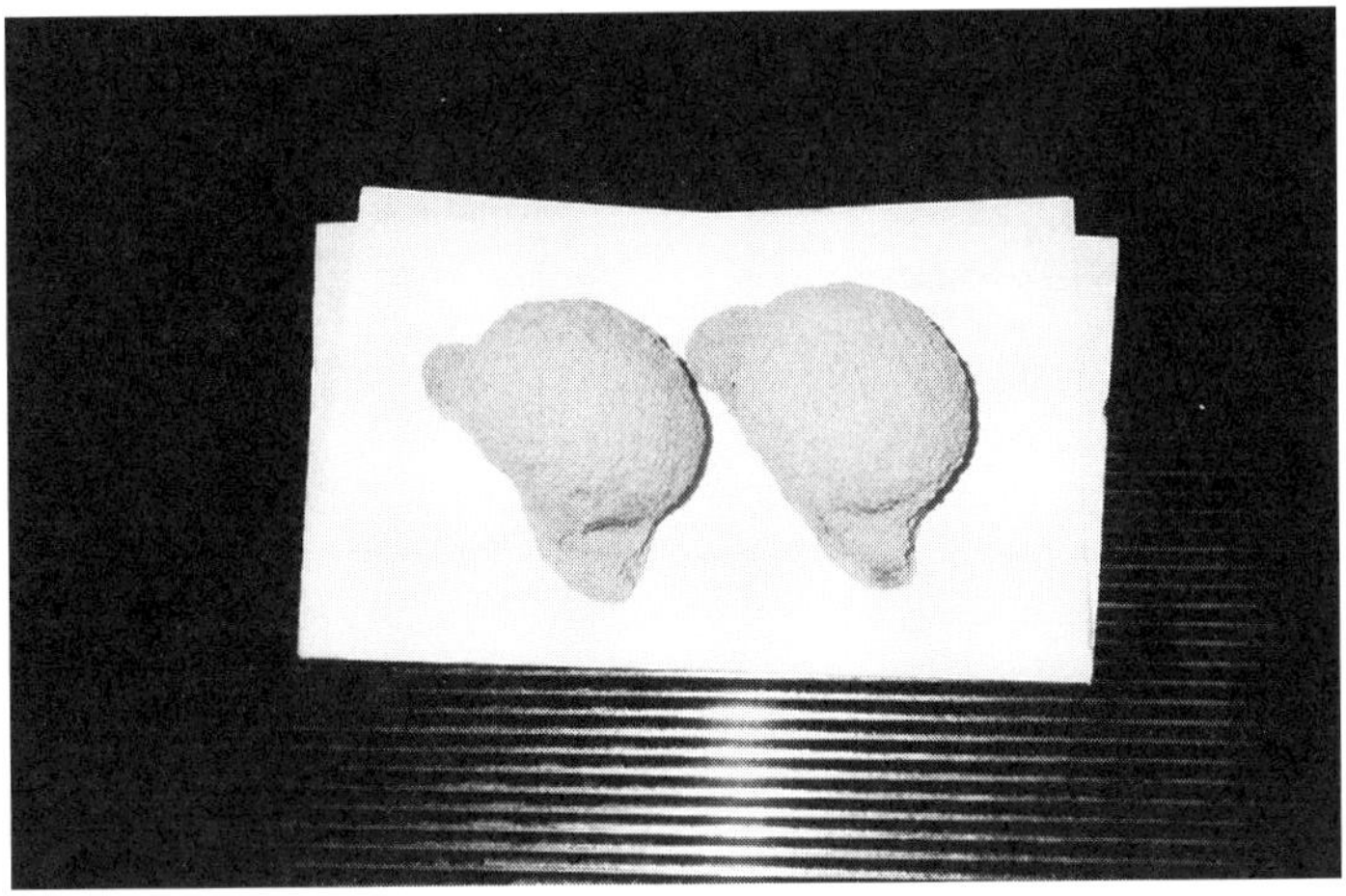

街の雨鶯餅がもう出たか　　富安（とみやす）風生（ふうせい）

二月は梅だからまず鶯餅。江戸時代からあったが、きな粉の風味、栄養価もあり、餅菓子の中でも好まれているものの一つ。きな粉を手粉にして包んだ餅饅頭の両端を尖らせ、青きな粉をふりかけて鶯に見立てるが、蜜や砂糖などを適宜加え、大福餅よりも軟らか目に搗き上げるのは、きな粉が水分を吸って早く堅くなるのを防ぐため。

鶯餅の持重りする柔らかさ　　篠原　温亭

現在では求肥に近い品が多いが、それなりに趣のある洗練された菓子である。京浜工業地帯に位置していた鶴見は戦災後の変貌が著しく、街並も往時の面影はない。菓子屋も$\frac{1}{3}$以下に減っている。次の句の作者は戦後永く鶴見に通勤していた。

退（ひ）けの鶴見街巾変りうぐいす餅　　村石　玉恵（たまえ）

草餅

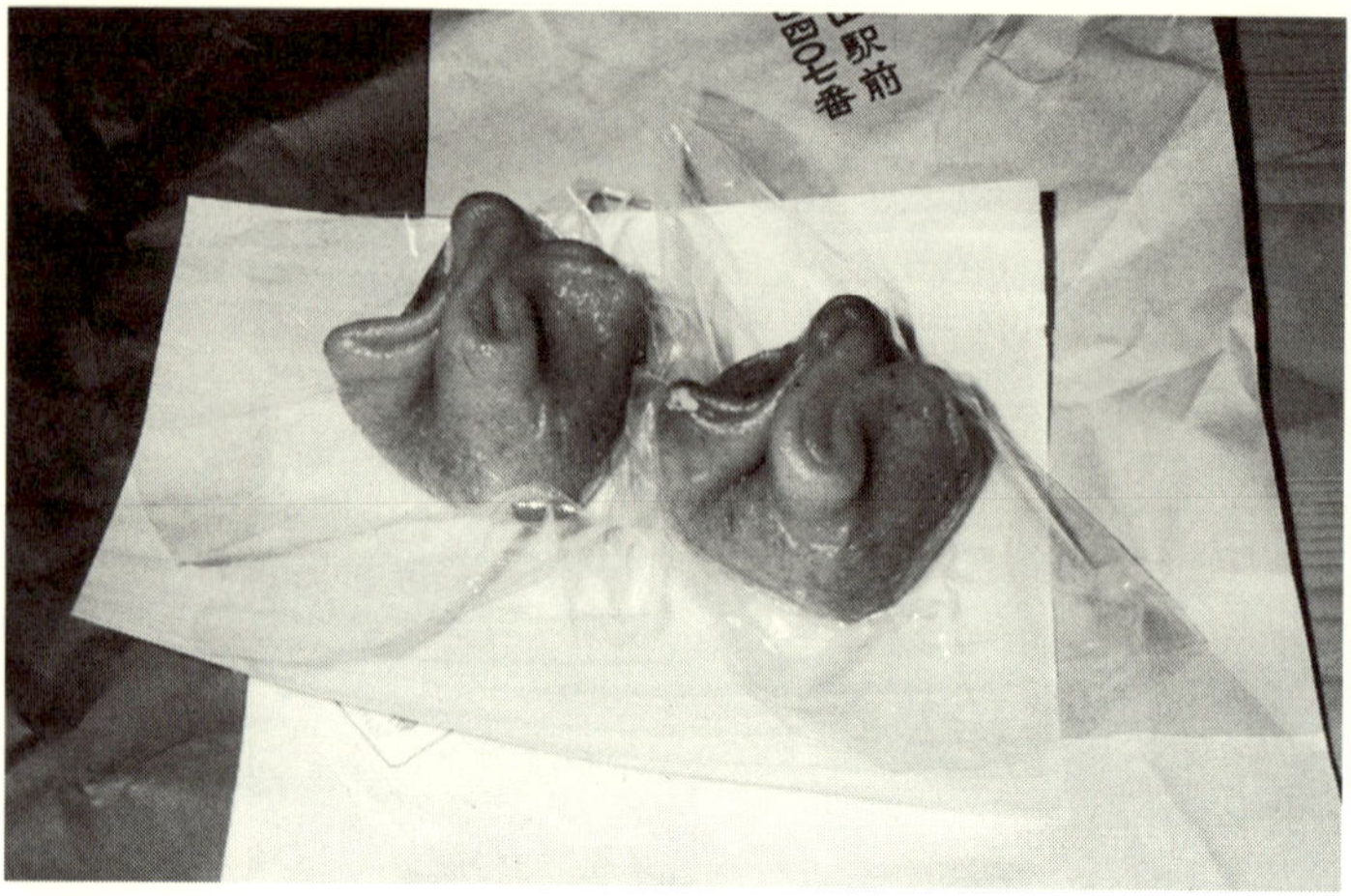

巻き舌のつい出て青し蓬餅　　　　石川　桂郎

中国六世紀前半、梁の『荊楚歳時記』に「三月三日、鼠麹菜（母子草のこと）の汁をとり蜜を合せて粉に和す。これを食すれば時気をいとう」とあり、古くから食べられていた。日本でも九世紀には作られている。母子草から蓬に代ったのは室町時代で、そのためか関西では蓬餅といい、江戸では草餅とよんだ。芭蕉にも「両の手に桃と桜や草の餅」の句がある。

草餅の臼に蝶来る戸口かな　　　　岡本　松浜

草餅が中国から伝来した時は米粉だったが、日本では餅が多く使用されてきた。ただ餅にくらべ上新粉製のものは家庭でも簡単に作れ、歯ざわりもよく、菓子としての草餅の大半を占めている。次の句のひんやりした感じは上新粉製の感じ。できればきな粉をつけて食べてみたい。

草餅の歯につめたしや城下町　　　　沢木　欣一

桜餅

桜餅二月の冷えにかなひけり　久保田　万太郎

桜餅が最も売れるのは雛の節句のころ。桜の咲く時期には気の早い柏餅となっているのが昨今である。桜餅の香りが塩漬の桜葉にある以上、気候が暖かくなれば香りが悪くなるのは当然。また桜餅に巻いた葉も時間が経てば香りが落ちるので、出来立てを春雪の日にでも食べれば最高だ。

冷え冷えと春なつかしや桜餅　増田　龍雨

桜餅は享保二年（一七一七年）、江戸向島の長寿寺門番・山本新六が売り始めたもの。小麦粉を溶いて鉄板の上で薄く焼き、小豆餡を包んで二つ折りにしたものを塩漬の桜葉二枚で両面をくるむ。小麦粉製のクレープなのでスナック性があり、桜葉の塩味が適度にしみて香りもよい。

桜餅には上新粉製もあったが、道明寺ほしいを使うのは関西で、それもずっと後年のことである。

蓋ものに春寒の香のさくら餅　能村　登四郎

菱餅

ひし餅のひし形は誰が思ひなる　　細見　綾子

三月三日が雛の節句となるのは室町時代の中期以降だが、江戸時代に入って民間でも盛大に行われるようになる。

江戸時代では蓬餅を菱形に切って何枚か重ねて供えたが、関西では白い餅も重ねていた。

三月三日に草餅を食べる風習は中国に古くからあり、日本では九世紀から見られるから、雛祭りにも使われたのだろう。菱形にしたのは宮中の古式にならったもの。


菱形のいしいし上げる貧な雛　　『川傍柳』

いしいしは団子のこと。しん粉で作る団子の方が餅より安かったのだろう。十八世紀末の川柳集時の世相。

菱餅が現在のように赤白青の三層に重ねた形になるのはずっと後で、一般には明治以降。一説には礼式の小笠原家の紋が三蓋菱であったからという。

菱餅の約束の色重ねたる　　水沢　一舟

雛あられ

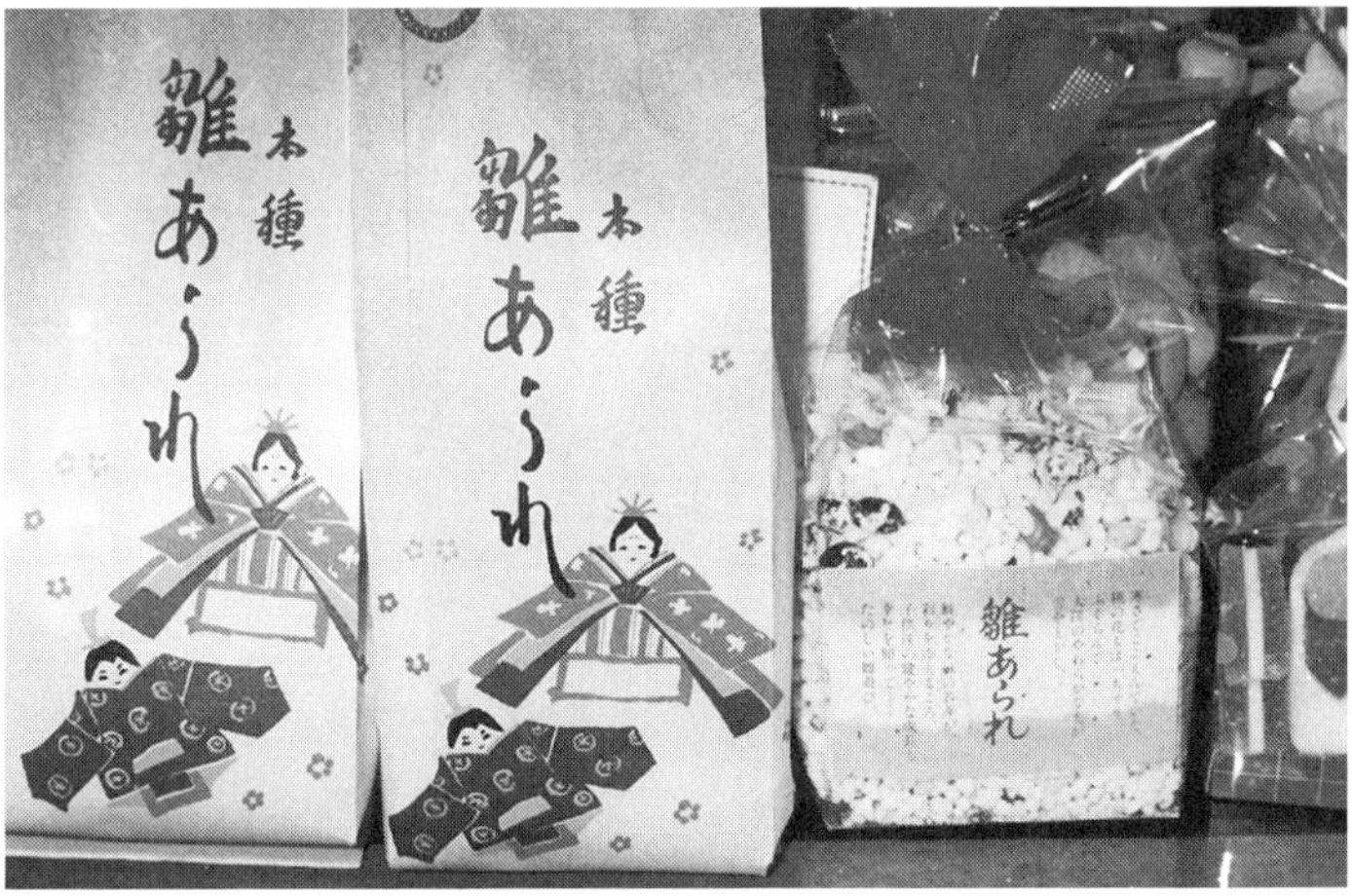

俳句会雛のあられの出されけり　池内　たけし

雛あられが俳句に登場するのは古いことではない。池内たけしは高濱虚子の甥で、『新歳時記』（虚子編・昭9）にある句。

雛あられ染める染粉は町で買ひ　高濱　虚子

戦時中、小諸に疎開していた虚子は雛あられも自分で作っている。もっとも都会は別として、昔から家庭で作る方が多かったようだ。雛あられの材料は、餅米を煎ってはぜたもの、即ちハゼと、あられ餅、黒豆か大豆と砂糖である。

ハゼは江戸時代から正月に使われ、あられ餅も春か夏にかけてよく食べられていた。これらに炒り豆を加え、砂糖をまぶしたものを豆煎りといい、雛祭りの供物に使われて来た。この商品名が雛あられで、以前は家庭で作られていたもの。左の句、夫はツマと読む。

祖父となる夫が買ひたる雛あられ　徳光　田鶴

金花糖

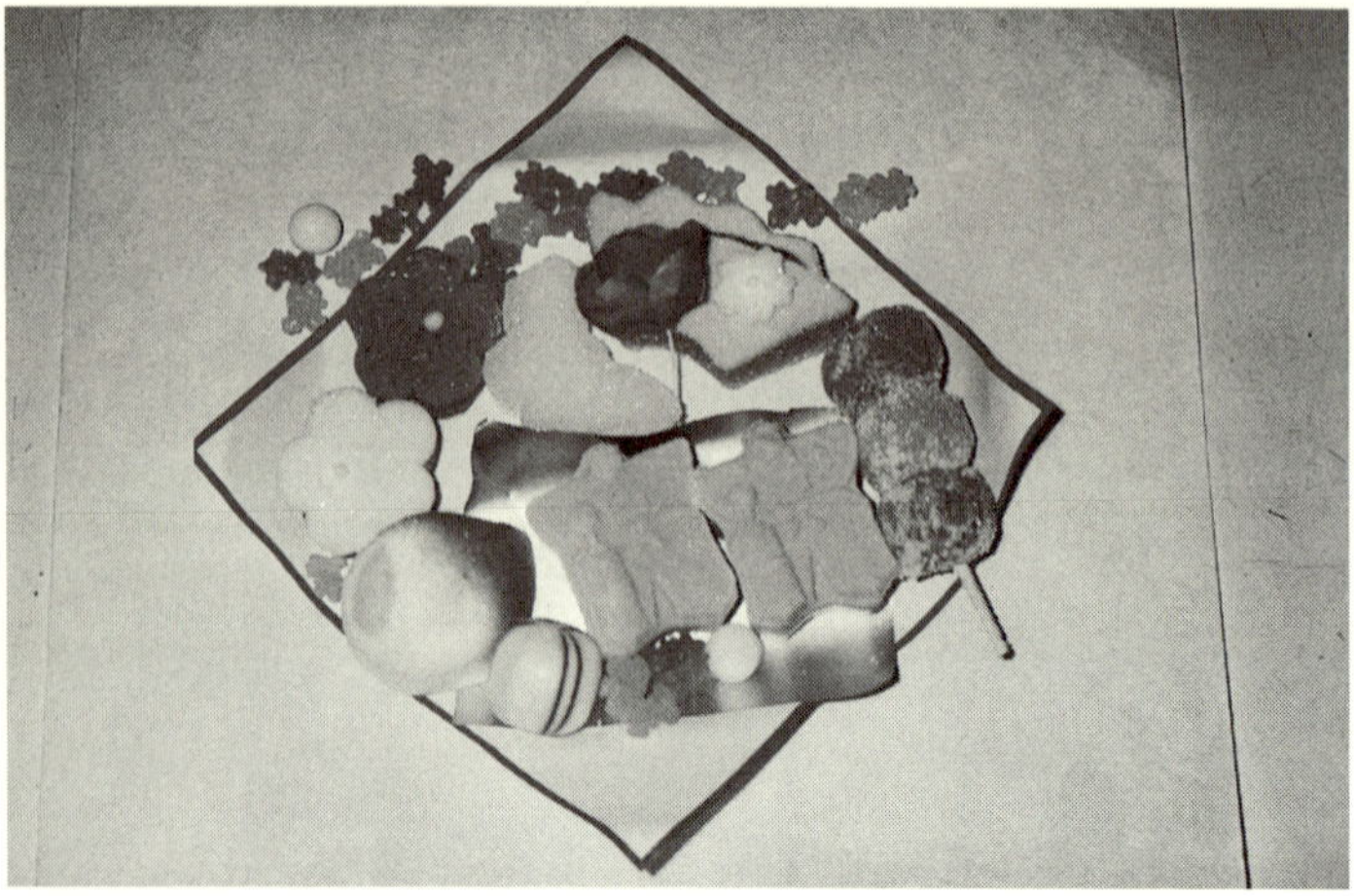

このしろと鰹の間が菓子の鯛　『柳樽』144

江戸時代、初午には赤飯を炊き、このしろや豆腐を供えていた。鰹は青菜の頃の初鰹のことだから、菓子の鯛は桃の節句をさす。

菱餅や草餅・雛あられと並んで、魚や野菜などとりどりの形をした金花糖も懐かしい。砂糖蜜を型に流して凝固させ、とりだしてから着色したもので、比較的安価にできるのだが、中ががらんどうでこわれやすいのが難だった。

幕末に書かれた『守貞漫稿』という本に「近年、京大阪で、白砂糖を溶かして型に入れ、凝固させたものに筆や刷毛で彩色し、鯉鮒やうど、竹の子、蓮根などを作り、金花糖と名づけて売っている」という意味のことが記されているが、前出の川柳から見ても十九世紀の初期には作られていたのだろう。次も金花糖の句。

雛菓子の緋色めでたし鯛ひらめ　上林（かんばやし）白草居（はくそうきょ）

おはぎとぼた餅（Ⅰ）

お萩くばる彼岸の使行きあひぬ　　正岡　子規

明治三十四年の作。当時子規は脊椎カリエスの病い重く『仰臥漫録』に「陸より手製の牡丹餅をやる。（中略）されど衛生的にいへば病人の内で拵へたるより誂へる方が宜しきか」と書いている。おはぎとぼた餅は同じで、家庭で簡単に作れるところから、彼岸に限らず法事の際にもよく使われた。

次の句、忌日にぼた餅を配られて故人を思い出すのは、やはり他人なのであろう。

牡丹餅で思ひ出すのは他人なり　　『柳樽』13

ぼた餅はつぶ餡だったが菓子屋で売られるようになってこし餡が加わる。また胡麻やきな粉も古くから使われていた。芭蕉の豆の粉めしも餅米ならばきな粉おはぎそのものといえよう。

似あはしや豆の粉めしにさくら狩　　松尾　芭蕉

椿餅

椿餅嘆きは帯のきつさほど　　河野多希女

道明寺ほしいを蒸して、中に餡を包んだ椿餅は、上下挟んだ椿葉の艶やかさと相まって惜春の趣が深い。

椿餅の名は古く、平安前期までに渡米した唐菓子の中にあるから驚く。唐菓子は一般に粉食菓子で、米や麦粉を水で練り、蒸し、茹で、油で過熱するなどしたものが多く、塩味が主であったが、蜜や飴を使用するものもあった。

渡来当時の椿餅はよく分からないが、源氏物語の若菜に出てくる椿餅は、米粉にあまずらを入れて固めた餅を椿葉二枚で包み、細く切った色紙を帯にして結んだというから、今日のすあまに近い。江戸時代中期の椿餅も肉桂入りのすあまを椿葉で包んでいたと書かれており、現在の様に道明寺ほしいが使われる様になるのは明治以降と思われる。

をんなには女のはなし椿餅　　浅野匡世

花見団子

花よりも団子屋ありて帰る雁　　松永　貞徳

団子といえば花見ときまっているようだが、この句は『犬子集(えのこしゅう)』（一六三三）にあるから「花より団子」の諺も古い。団子が街道の茶屋などで売られるのは、室町の末だが、当時は白玉団子のように丸めて凹みをつけたものが多かった。串に刺したものも炉端に立てて焼き、焼き鳥のように火の上で焼くのは後のことである。

関西に多い花見団子は、赤白緑の三色に染めたもので、ういろう製が多い。餡製のものは関東でもよく見かける。花見の楽しさが感じられる菓子だ。墨田区向島の言問団子も同じ種類だが、串に刺していない。中国で団は丸い食物の意味だが、ゴは日本語。団子はやはり日本で古くから親しまれてきた菓子の代表である。

桜咲く木下蔭に団子茶屋　　『柳樽』94

あぶり餅

やすらいやあぶり餅屋の出店あり　　欣字

紫野の今宮神社で行われるやすらい祭は京都の奇祭として有名。中古、疫病は春の落花に乗ってひろがると信じられていたので、その疫病神をやすらぐためのもの。あぶり餅は、指の先ほどに丸めた餅をきな粉にまぶし、細竹の先に刺して炭火で焙り、たれをつける。白味噌に砂糖のたれで、いくらでも食べれる。

むかひ合ふあぶり餅屋や余花の雨　　鴉汀

今宮神社門前にある二軒の餅屋が千年の歴史を持つというのはともかく、古い菓子の形と味を伝えていることは間違いない。あぶり餅も下鴨神社のみたらし団子と同じく、悪疫などを免れるため神前に供えた餅を焙って家人と食べた事に由来する。

薫風やあぶり餅屋は人稀れに　　雪魚

蕨餅

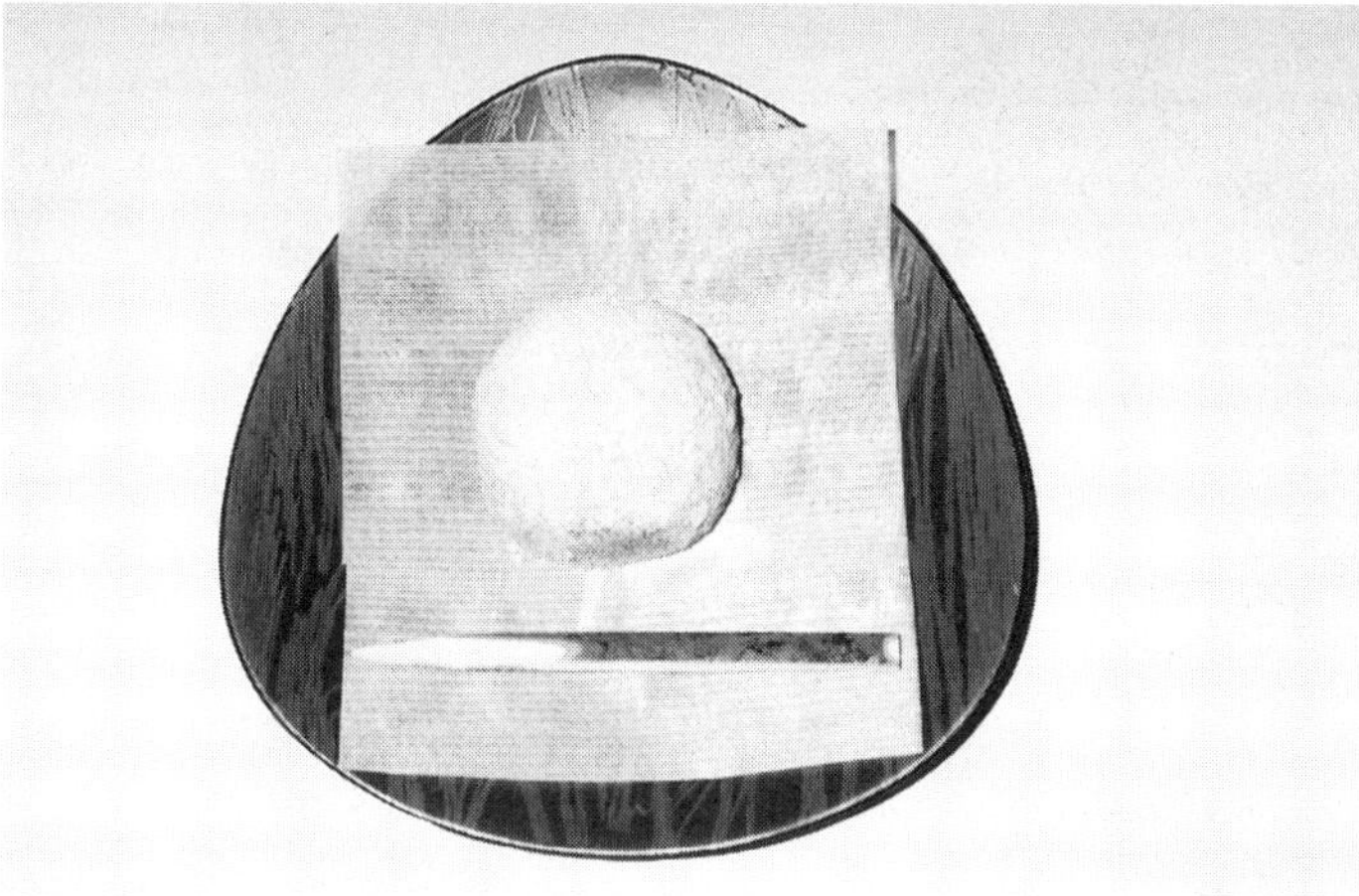

衿足を風すり抜ける蕨餅　　団藤　みよこ

蕨餅は蕨粉（ワラビの根から採った澱粉）を水で溶き、火にかけて練り、餅としたもので、室町時代から作られていた。当時から葛餅と同じように、大豆粉、塩、砂糖などをまぶして食べている。

蕨粉は葛粉とくらべ、口の中で溶ける感じがよく、冷やしても硬くならないので夏の菓子としても適している。関西で多く売られているが、最近は関東でもよく見られるようになった。ただ関西では葛餅のように固めて切ったものにきな粉や砂糖をまぶして売るのが一般的だが、東京では餡を包んできな粉餅風にしたものがある。鶯餅に似た感じだが、柔らかく風味もあり、晩春から夏にかけての上品な菓子の一つ。京都や奈良など来訪の折りには食べておきたい。私にとっても東大寺二月堂裏の茶屋で出された蕨餅の味など忘れられないものがある。

大仏の時なし鐘や蕨餅　　鈴鹿（すずか）　野風呂（のぶろ）

茶道菓子

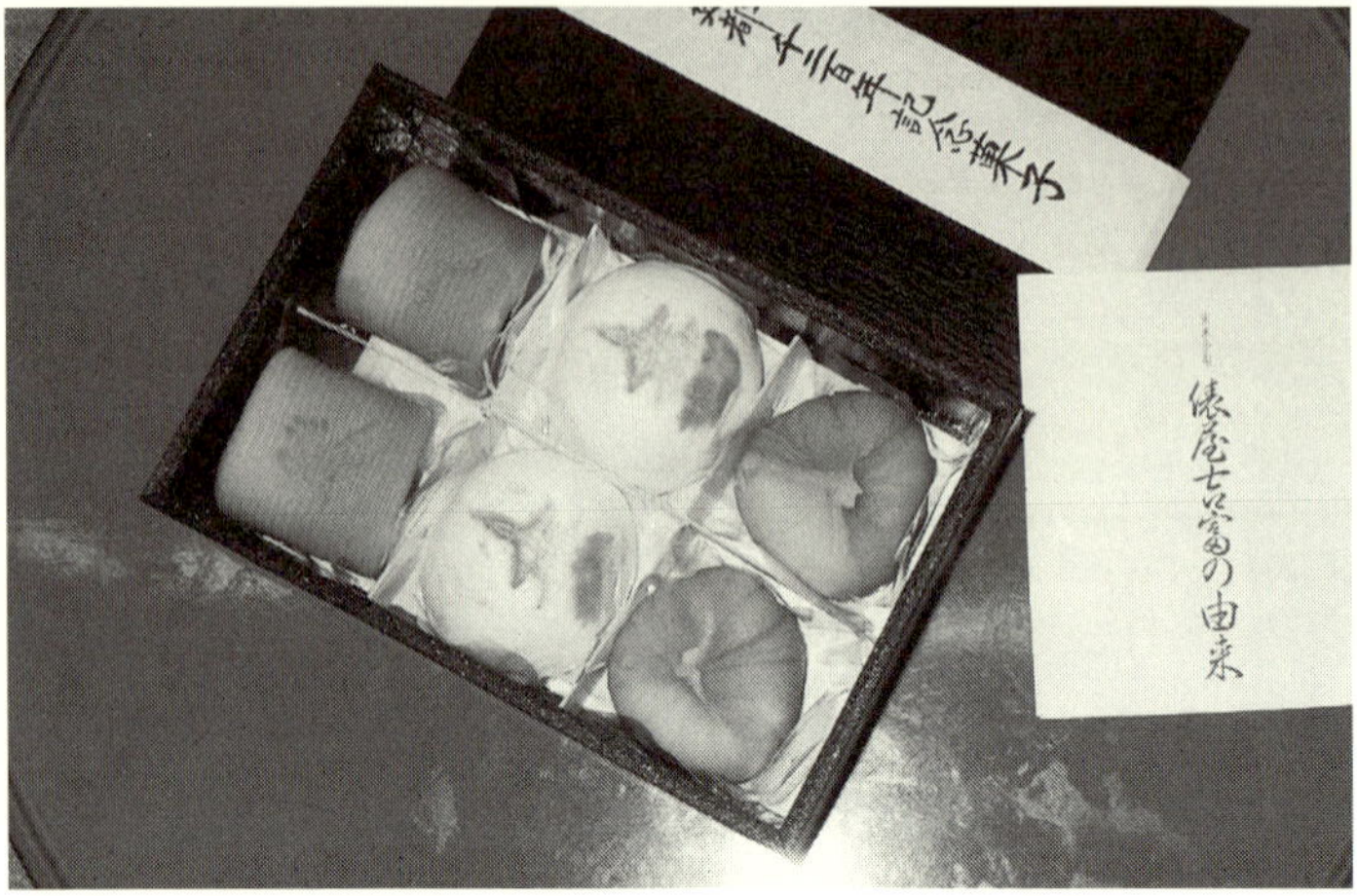

お持たせのいが餅も座に宗偏忌　　博二

餡を包んだしんこ餅の外側に餅米をつけて蒸した餅。着色したものもあり、以前はよく見かけた菓子で蔵王や秋田などの名物でもあった。山田宗徧はいが餅が好きで宗偏饅頭ともいわれる。宗偏忌は四月二日。

和菓子の発達は茶道に少なからず助けられてきた。茶が侘び寂びであれば、茶の菓子も奥ゆかしさが必要となる。写実的につくるよりも、ぼんやりと余韻のある菓子の方が茶の席にはふさわしい。

京都は茶道の中心でもあり、多くの宗近達が競って好みの菓子をつくらせてきた。例えば花びら餅は裏千家の家元が、また常盤饅頭は表千家で、それぞれ正月に使われている。

珠光餅は湯に浸して柔らかくした餅に甘味噌をかけたもの。茶祖村田珠光（しゅこう）が初めて工夫したので名がある。

初釜の佳例もうれし珠光餅　　柳子女

山川

若草という名の菓子ぞ松江より　林原（はやしばら）耒井（らいせい）

出雲藩主七代目松平治郷（はるさと）の好み菓子の一つ。拍子木形に切ったぎゅうひに緑色の砂糖がまぶしてある。単純な菓子だが、ぎゅうひが柔らかで食べ口がよい。治郷は不昧（ふまい）と号した茶人でもあったので、いろいろな菓子を作らせた。中でも山川は、金沢の長生殿、長岡の越乃雪と並んで日本三大名菓と呼ばれている。

　山川は紅白二種類あり、紅は紅葉、白は水を表すとか。不昧の「ちるは浮き散らぬは沈む紅葉ばの影は高尾の山川の水」による。かすかな塩味とねばりのある打菓子で、仙台の塩釜と思えばよい。三大名菓がみな落雁の類であるのも興味深いが、長生殿の口溶けのよさ、越乃雪の崩れそうな脆さ、山川の食べごたえのある甘さなど個性がある。

もとより一会菓子紅白に春の寺　博二

あやめ団子

守りに惚れあやめ団子で足をつけ　『末摘花』3

あやめ団子は、細竹の先を四つまたに裂き、その一つ一つに小さな団子を四個ずつ刺したもの。菖蒲の花に似ているので名が付いた。串団子のようにスナック性があるとも思えないので、どちらかといえば子ども相手の玩具菓子に近かったのだろう。例句は、男が惚れた子守にあやめ団子を与えてきっかけを作った意。子守のいたいけな感じがよく伝わってくる。

あやめ団子はあまり売れなかったと思え、後には単に糸切り団子に餡をつけたものもこうよんだ。団子にはちぎって丸めるものと、細くのばしてから切るやり方とあるが、その際、刃物を使うより糸で切る方が作業性がよく、昔から行われている。次の句、灸をすえる様子。あやめ団子に熱さをがまんする子ども達。

御褒美はいづれあやめと灸の沙汰　『柳樽』74

姥ヶ餅

弥生なり春の草津の姥ヶ餅　西山　宗因

草津は東海道と中山道を分岐する宿場。旅舎多く往来も頻繁を極めていた。江戸初期の『東海道名所記』にも「追分の北南の両かどの家はこれかくれなき草津の姥が餅屋なり」と書かれて、『きそ通名所尽』にも旅人が冥土の土産にと争って食べたとある。

ばばが餅ぢぢいが桜咲きにけり　小林　一茶

姥ヶ餅は白餅をこし餡で包んだ餅で、上部に白砂糖をふりかけて乳房を表していた。甘味が貴重だった江戸時代の初めから砂糖を使っていれば有名になるのも当然。広重の絵では姥ヶ餅にふさわしく女性が餅を作っているように見える。時代の推移で姥ヶ餅本家も昭和の初めに倒産したが、現在では草津の国道一号線沿いに営業している。

草津より湖（うみ）や青田や姥ヶ餅　森　澄雄

赤飯

婚の日の赤飯を蒸す花ぐもり　　博二

以前は祝い事があると家庭で赤飯を蒸すことが多かった。住宅事情や核家族化などで、今日では菓子屋の仕事であろうか。祝い事の返礼では一般に餅が使われてきたが、その簡易さもあって赤飯がよく使われているようだ。

上古、日本では米を蒸して食べていたが、器で煮たものを姫飯（ひめいい）とよび、好まれるようになる。しかし儀礼の際など、本式の食事には強飯が用いられてきた。

江戸時代に入ると餅米を蒸したものを強飯といい、特に現在の赤飯を〝おこわ〟とよんでいた。

強飯に目玉を入れて涙ぐみ　　『柳樽』50

仏事では白い飯のまま、または白い大豆を入れていたが、後には黒豆を入れるようになる。右の句の目玉は黒豆。次の句、べんたうは弁当のこと。

赤飯のべんたう葉桜城趾にて　　細見　綾子

キャラメル

踏青やミルクキャラメル黄の函に　小野　希北

踏青とは若草を踏んで郊外を散歩すること。中国で古くからある行事の一つだが、今では春のピクニックと思えばよい。黄色い函といえば森永のイメージ。昔から遠足には必携だった。

室町末期に渡来した南蛮菓子にカラメイラがあるが、これは現在のカルメ焼に似たもの。水飴、砂糖、ミルクなどを原料としたキャラメルも同一語源で、日本では明治末、森永製菓の創始者、森永太一郎によって売り出された。

キャラメルが携帯の便と衛生面から箱入りとなるのは大正三年、当時十銭であった。以後エンゼルの黄箱は全国の子供達の垂涎の的となる。戦後は菓子類の品質が向上し、高級なキャラメルが目立ってきた。

キャラメルも生と十勝の青き夏　博二

餡パン

餡パンの胡麻の光れる文化の日　内田　佳子

餡パンは明治八年に銀座木村屋の創案と伝わる。ジャムパンなどの菓子パンも日本で作りだされたとか。鎌倉時代以降日本では酒饅頭が作られてきたがその応用編。イースト菌のものにくらべ酒種生地は膨張率でやや劣るものの風味はよいとされる。

焼き上げしパンを木箱に朝ざくら　博二

酒種生地はイースト菌よりも手間がかかり、戦前父の時代にはかなり離れた大寺の洞窟まで使用する水を汲みに行っていた。酒種の饅頭については慶長十四年、スペイン人、ドン・ロドリゴの報告において、江戸で作るパンは世界で最良のものと書かれている。銀座木村屋の餡パンの塩漬け桜花の味も懐しい。

芯なき山吹臍ある餡麺麭妻の留守　中村　草田男(くさたお)

カステラ

花桐にカステラ甘き露台かな　久米三汀

室町末期に始まる南蛮文化の流入は多くの新奇な菓子をもたらす。南蛮菓子の特色は砂糖の大量使用である。小麦粉に鶏卵・砂糖・水飴をまぜて焼き上げたこの菓子は不思議な柔軟さとしっとり感をもった高級菓子として現在も生き続けている。

カステラの焼の遅さよ桐の花　芥川龍之介

大きな木枠で一時間ほどかけて焼くカステラだから急ぐことはない。ポルトガル人が長崎に伝えたというが、カステーラの名はもとカスティリアで作られていたからという。カスティリアはスペイン中央にあり全国土の三分の一を占める地方。スペインでも知られた菓子だったのだろう。伝来した長崎では今も店が並ぶがやはり福砂屋が有名。

福砂屋に行く長崎の春の凪　中村汀女

夏

柏餅

おもたせのあたたかなりし柏餅　　松本　秩陵（ちつりょう）

端午の節句に柏餅が使われるのは江戸時代から。四代将軍家綱の頃の『東海道名所記』（一六六〇年）に、東海道の名物として白須賀の柏餅がある。白須賀は浜名湖の西、潮見坂に近く、広重の五十三次にも描かれた。

わが家系男をたたず柏餅　　福田　蓼汀（りょうてい）

柏葉は古くは食物を盛るのに使われ、カシワは食器の総称であった。そこから膳はカシワデともよみ、食事を担当する者を意味するようになる。また柏の木には葉守の神がやどるといい、皇居を守る兵衛や衛門の者を柏木とよんだことから端午に用いられるようになったともいわれる。

一日経って硬くなった柏餅は蒸し直せばよいが、葉ごと軽く焼くのも香ばしくて野趣がある。

柏餅炙れば遠き母にほふ　　海老沢　重子

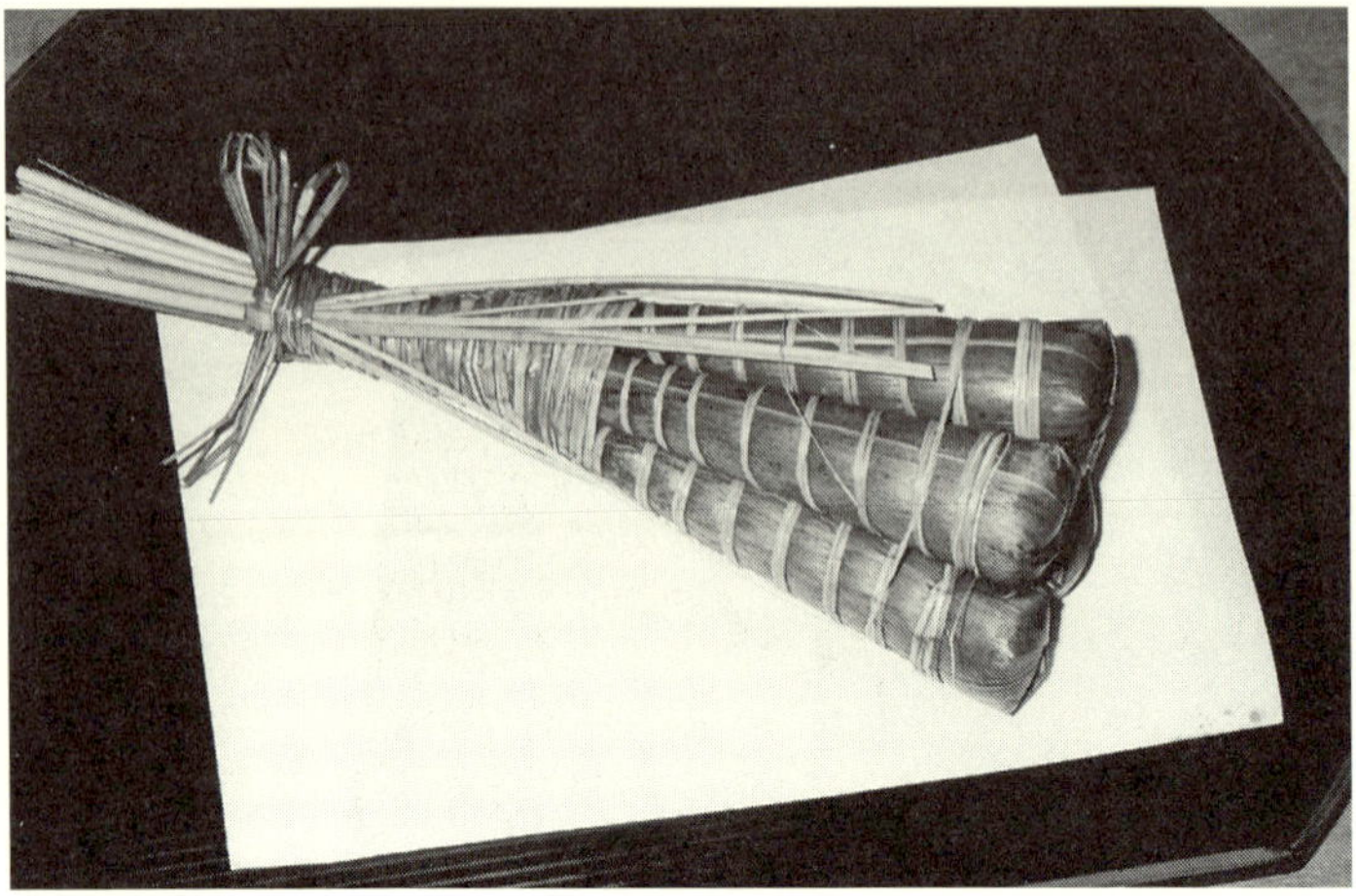

粽（Ⅰ）

包まれてゐるてふ魅力粽解く　　原口　雅子

最近また粽を店頭で見かけるようになった。駅の売店などにあるものは俗に田舎粽といい、餅米を笹で三角に包んだもの。これに対し京粽は熊笹の葉で細く結い上げて束ね、上品な感じである。

粽は昔、茅で巻いたのでチマキとよばれるが、笹、葦、菅、菰の葉なども使われた。端午に死んだ楚の屈原を弔うため、漢の武帝（前二世紀）の頃より作られたとか。

中国では新粉をこねて芋の様な形にし、葦や菰の葉で包み十個を一連として茹でたというから現在の御所粽に近い。日本に移入したのは奈良朝以前と思われるが、粉食になじまない日本の風習により、早くから餅米が使われている。

菓子としての粽については京の川端道喜の力が大きく、上新粉に砂糖を加えたことから始まり、葛粉や餡入りなどの粽を創りだした。現在ではういろう製が多く見られる。

客を待つ粽にかけしぬれぶきん　　武原　はん

粽（Ⅱ）

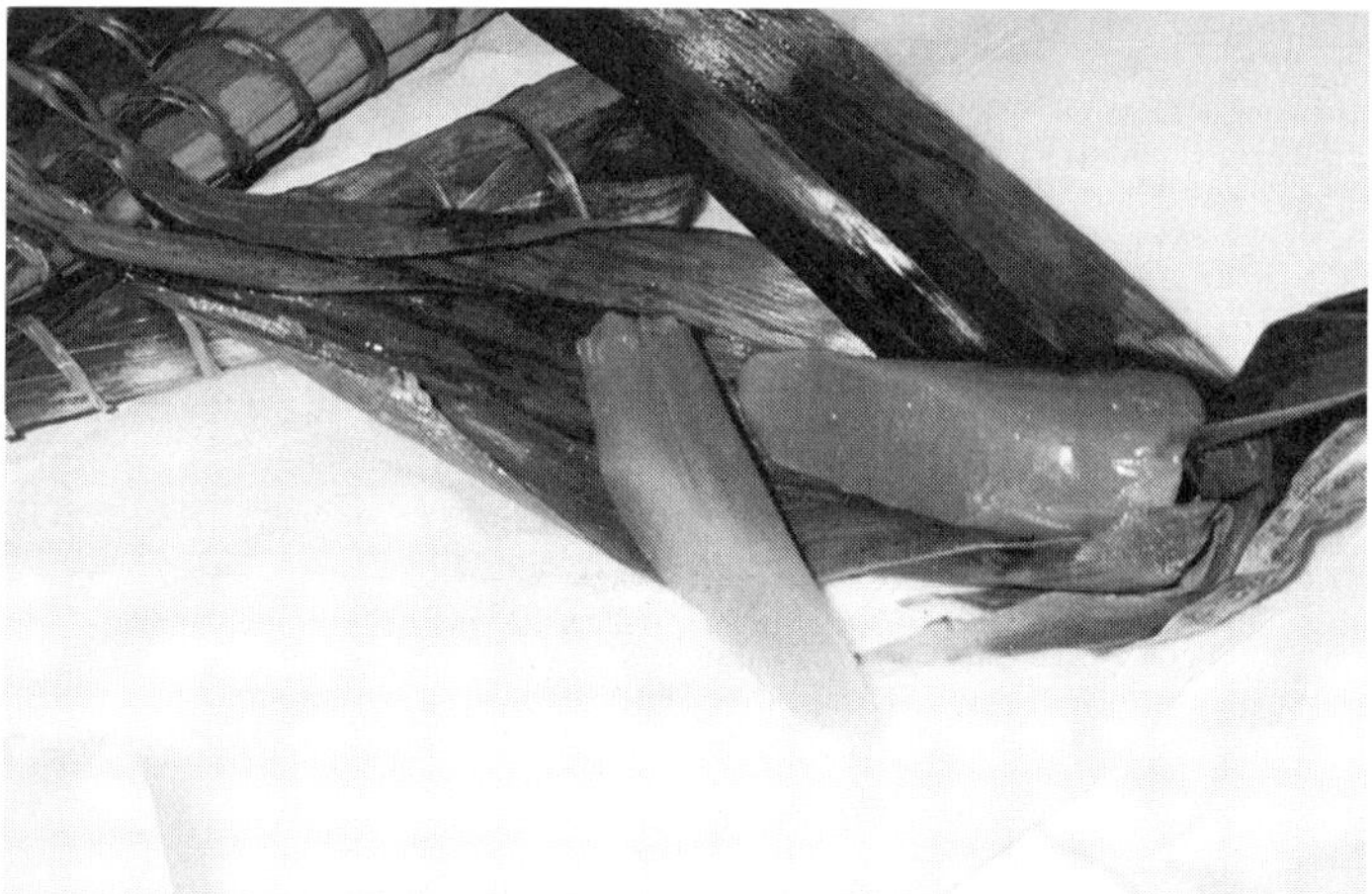

塩添へて草の香淡き粽かな　　　　江左　尚白（しょうはく）

尚白は芭蕉の弟子。粽は小学唱歌のように昔懐かしいものとなった。明治以後の東京では家庭で作らなかったが、東北・北陸などでは母親の味として生きている。笹などの葉に餅米を包んで蒸すか茹でて、きな粉や塩、砂糖をつけることが多い。

室町時代には餅の粽も市中で売られている。中が飴色になるので飴粽とよばれた。新粉を使ったものも作られるようになり、御所粽の名がある。粽で有名な川端道喜は十六世紀の初めからだが、当時、道喜では餡入りの御所粽も売っていた。後には淡い味を追求して葛主体のものに変わっていく。

今日でも京都では年二回、端午と祇園祭に粽が脚光を浴びる。祇園祭の山鉾の上から撒かれる粽を鉾の粽といい、これを拾うと疫病よけになるのだそうだ。

粽師の古き都に住ひけり　　　　河東（かわひがし）　碧梧桐（へきごとう）

さんきら餅

さんきらの葉に包む餅薩摩初夏　　博二

山帰来は山野に自生する蔓生の灌木。棘が多いので猿が引っ掛かるといい、がめ、かから、がんだちなどともよばれるが、サルトリイバラが正しい。葉も艶があり、かなりの大きさなので、餅を包むことが出来、柏の木が少ない地方では柏餅の葉の代りに利用されてきた。

九州南部では年中見られ、特に五月の節句には、粽と並んで食べられている。家庭でも作られるので、その季節になると街中でも山帰来の葉が売られるという。

サルトリイバラの根も煎じて民間薬とされるが、本物の山帰来は梅毒の薬にもなるほどのもの。ただし台湾や華南の熱帯植物で日本には自生していない。次の句、いびつ餅も山帰来の若葉で包んだもの。室生寺あたりで見かけたとか。

いびつ餅茶筒に新茶あふれつつ　　水原　秋櫻子

葛餅

葛餅に蜜多すぎることはなし　永井　東門居

葛餅といえば観光地の茶店などでよく売られているものだが、最近では川崎大師の名物として知られる。しかし歴史の古さでは亀戸の船橋屋にはかなわない。創業文化二年（一八〇五）というからたいしたものだ。亀戸天神は藤の他、梅、牡丹など江戸の行楽地として知られ、葛餅も好みに合い有名となった。

葛の葉は奈良時代から食用にされ、葛粉も同じく『出雲風土記』にあるほど古い食物で、葛餅も室町時代の早くから作られ、茶の湯の初めから菓子として使われてきた。葛粉を水溶きして、火にかけて煉ったものに、きな粉、砂糖、塩などをかけて食べていたが江戸後期、船橋屋の以前から葛粉ではなく、しょうふ粉などの小麦粉澱粉主体に変わってしまった。しかしやや酸味のある庶民的な味は、黒蜜ときな粉の調和のよさで忘れられない菓子となっている。

葛餅や老いたる母の機嫌よく　小杉（こすぎ）　余子（よし）

葛桜

葛ざくら東京に帰り来しとおもふ　小坂　順子

桜の生葉で包んだ葛饅頭に葛桜の名をつけたのは東京で、比較的新しい。葛粉そのものは昔からあったが、葛饅頭が作られる様になるのは江戸時代。「老いの歯も葛まんぢうや恨まれず」の句が元禄十六年にある。次の川柳は、和歌三神の中の衣通姫が美貌で知られ、麗色が衣を通して輝くさまを葛饅頭の餡が透いて見えるのにたとえたもの。

和歌の神葛饅頭のやうに透き　『柳樽』120

葛饅頭も売り方で名前も変わり、かき氷をのせて氷饅頭、水に入れて冷やせば水饅頭で大垣の名物であった。江戸時代のものも現在に似ているが総じて固目に作られている。また葛は冷やすと硬くなり風味も落ちるので、冷水をくぐらす程度でよい。次の句の様に砕いた氷を敷いた器にでも盛れば最良であろう。

葛ざくら濡れ葉に氷残りけり　渡辺　水巴（すいは）

水羊羹

鳴りのよき明治の時計　水羊羹　　菅（すが）　裸馬（らば）

葛ざくらと共に夏の和菓子の代表。葉桜にのせてよく冷やした水羊羹にはレトロのよさがある。水羊羹が一般に売られる様になるのは明治以降。名の起こりは江戸初期の霊元天皇が虎屋や二口屋の羊羹が固いので、六条の亀屋陸通の軟らかい羊羹を好まれ、水羊羹とよばれたことにあるが、軟らかい蒸羊羹と思えばよい。元来、羊羹といえば、蒸羊羹で、寒天を使う煉羊羹が完成したのは十七世紀半ば。江戸で盛んになるのは十八世紀に入ってからで、水羊羹は更におくれ、江戸末期、本郷の藤村の菓子目録に水羊羹の名が見られる。

ただ蕪村が序を書いた『平安二十歌仙』（一七六九）に「水羊羹の寒き歯あたり」（隨古）とあり、浄瑠璃の『道中亀山噺』にも「暑さをすすの水羊羹」とある事からも、水羊羹は関西で生まれ、育ってきた菓子なのかも知れない。

水羊羹行儀正しき夫婦かな　　大場（おおば）　白水郎（はくすいろう）

麦こがし

はったいや手枷足枷が育つ　　小林　康治（こうじ）

作者は戦後の横浜を代表する俳人の一人。はったい粉は昔からあり、生麦または生米を炒り、臼でひいて粉にしたものだが、現在では麦のみである。地方によっては麦炒粉、麦の粉、単に麦粉やこがし、香煎ともよばれ、江戸では麦こがしであった。一茶のいた文化年間には、五月頃、江戸で麦こがしの売り声が聞こえたという。

亡き母の石臼の音麦こがし　　石田　波郷（はきょう）

麦こがしはむせ易いので、砂糖を入れて、湯で練った練りこがしを食べることも多かった。暑中、冷水を飲む時にはったい粉を加えれば害がなく、胃の気を助けるといい、水の粉ともよばれている。

麦落雁は麦こがしに砂糖を加え、型で打ち固めたものだが、江戸時代から売られていた。群馬県館林のものが有名。

つつみくれし麦落雁や日のさかり　　久保田　万太郎

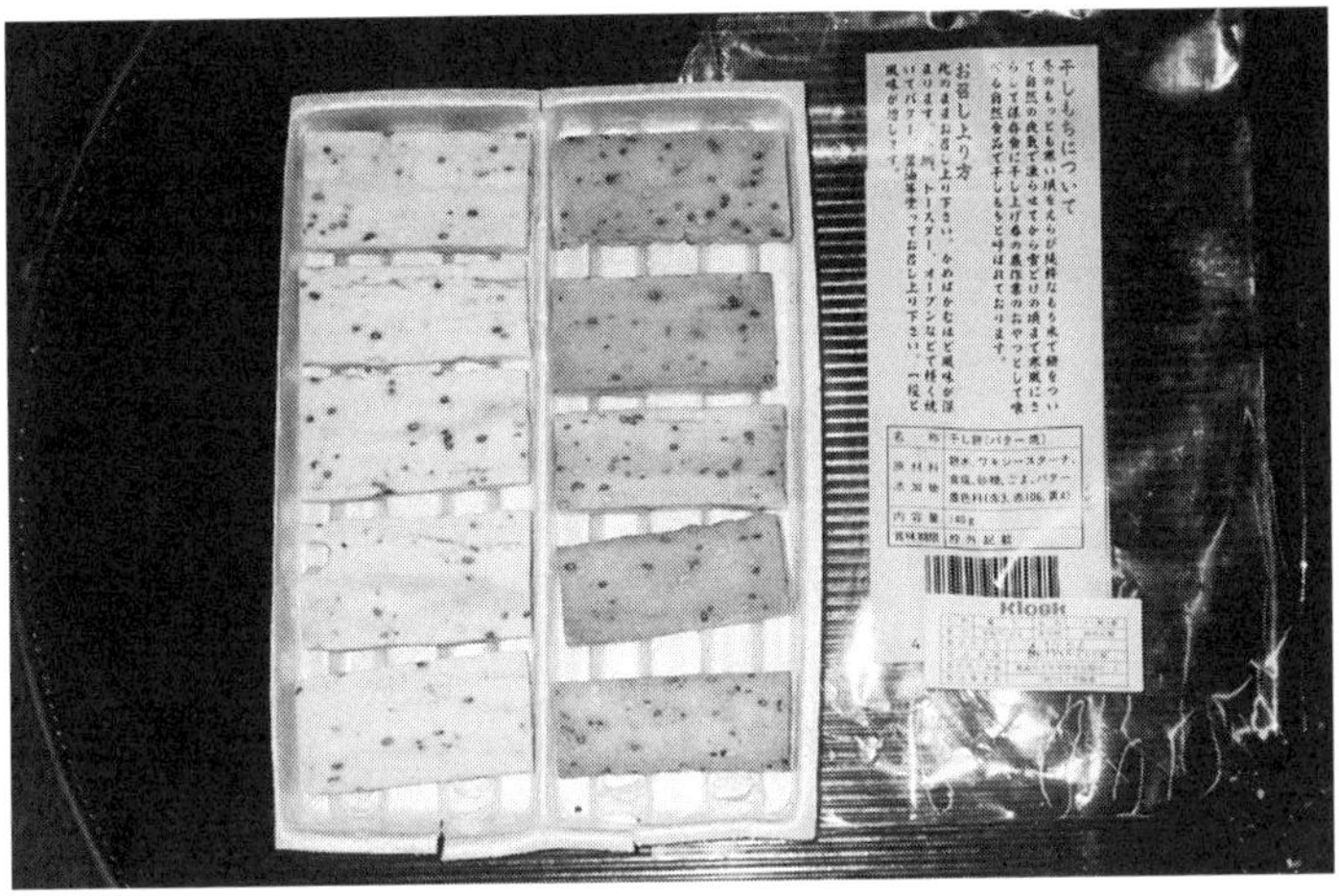

氷餅

ゆるく歯にあつれば寒し氷餅　　蝶夢法師

蝶夢は一七三二年生まれ。寒中に普通の餅を凍結乾燥させて作る氷餅は、パイ皮のように層状となり、そのまま食べてもよいが、熱湯を注げば柔らかくなるので砂糖を加えて食べたりする。津軽地方では、餅に小豆、よもぎ、胡麻、紫蘇などを搗きこみ、薄く切ったものが売られており、風土の匂いの濃い懐かしい菓子だ。

陰暦六月一日は氷室の節句といい、古くは宮中で臣下に氷を賜う儀式があったが、後には氷餅で代用するようになった。東北、北陸などでは、この餅を歯固めと称し、この日に食べる所があったから、固いまま食べていたのだろう。歯固めとは固いものを食べて歯を丈夫にし、延命を願う風習である。箱王は曽我兄弟の五郎時致の幼名。嘯山は蕪村と親しく、京都の人。

箱王は三枚喰いたり氷餅　　三宅　嘯山（しょうざん）

珈琲ゼリー

珈琲ゼリー肘ついて食べ芙美子の忌　博二

尾道駅前の商店街入口に近く、「芙美子」という喫茶店があった。狭い店だが奥は深く、裏庭に面して古い二階建ての家があり、林芙美子が尾道高女に入学する頃まで父母と住んでいたという。

『放浪記』の一節に、「海が見えた。海が見える。五年ぶりに見る尾道の海はなつかしい」とあるように、尾道は芙美子にとって大切な土地であった。芙美子忌は六月二十八日。

芙美子旧居路地にもれ日の濃あじさい　博二

ゼリーの季節感はやはり夏のもの。果実のペクチンが使われるが、一般にはゼラチンが多い。フルーツや洋酒などの華やかな感じのゼリーにくらべ、コーヒーの渋い色と香りはどこかアンニュイな大人の感覚。

珈琲ゼリーしゃべり過ぎては夫うとむ　衣子

水無月

水無月や京洛中の鬼の沙汰　　河東 碧梧桐

旧暦の六月を水無月ともいう。しかし京都で水無月といえば菓子の名称である場合が多い。水無月は煮小豆をのせたういろうを三角形に切ったもので、主に六月三十日に食べる。京都では六月三十日に夏越の祓（ナゴシのハラエ）が行われるからだ。「なごしは〝和し〟で神慮をやわらげることやソードス。水無月の小豆は厄除けドシテ、みなさんキバッテ食べハリマス」などと説明される。

土用の入りに小豆を食べれば悪病にかからないということは貝原益軒も書き、江戸時代にもよく行われていた。

ういろうは旧の六月一日が氷室の節供で氷を祝う風習があったことから、氷の代用であろう。ういろうは元来、薬の名前だが、菓子のういろうも江戸時代からあった。ういろうは淡白な味だけに何にでも合う。特に関西では技術がすぐれ、佳い品が多い。

梅雨の大書院ういろうの白い冷え　　博二

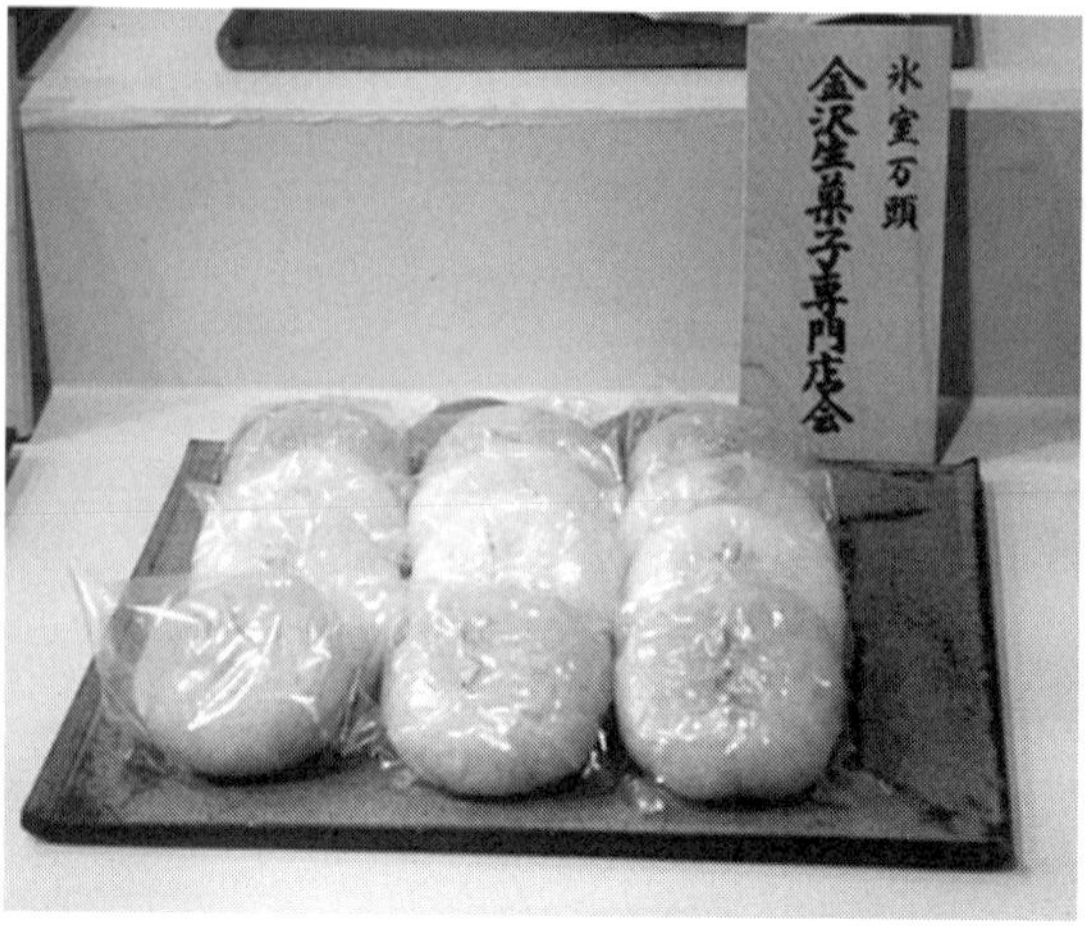

氷室饅頭

氷室饅頭たべて日暮れる金沢びと　中山　純子

北陸の金沢では七月一日を氷室の日として、氷室饅頭を食べる風習がある。あずき餡の入った赤、白、緑の三色の酒饅頭だが、氷餅などと同じように、食べれば一年中風邪をひかず、健康に過ごせるといい、娘の嫁ぎ先へも百個ほど届けたという。

冬は踏み夏はいただく御献上　『柳樽』125

陰暦六月一日は加賀藩から幕府へ雪氷を献上することになっていた。その早かごが無事に着くことを祈って神仏に饅頭を供えたことから、町民達も氷室開きの饅頭を食べるようになったとか。和菓子で氷室といえば、あずき餡を丸めた上に氷に見立てた赤いウイロウをのせ、葛ざくら風に仕上げたものが有名。氷室饅頭も今日ではあまり食べられなくなったのかも知れない。

氷室饅頭食べるは老いし者ばかり　土肥　真佐子

白玉

白玉やをんなこどもと言はれつつ　　山田　みづえ

最近では少なくなったが、白玉は家族で簡単に作れる夏の間食として人気があった。白玉粉を水でこねて丸めたものを茹で、冷水に入れて冷やし、砂糖やきな粉をかけるだけでよい。食紅をさして紅白にする事も多かったから、敬老の日などにも喜ばれそうである。何しろまだ暑い時候。冷たくて食べやすいものが好まれる。

白玉や紅もささざる俄ごと　　宮田　戌子

白玉粉は寒晒粉ともいい、餅米の粉を寒の水で晒したもの。菓子材料としても江戸時代から使われている。料理用としても汁の実によく、大根おろしに三杯酢を和えたものなど淡味で捨て難い。

喫茶店では汁粉やぜんざいに入れ、夏向きに氷やアイスクリームなども加えている。

氷白玉たべ馬籠路を行くひとり　　小川　菊女

ところてん

清滝の水汲よせてところてん　　松尾　芭蕉

日本独自の海藻食品であるところてんは、古く奈良時代から食べられており、その後平安京では早くから市中で売られ、間食として人気があった。

ところてんを心太と書くのは、元来ココロブトとよばれていたからで、トコロテンとなるのは江戸時代に入ってから。多分、訛りか書き誤りによるものと思われるが、江戸中期を過ぎても川柳では心天と書く例が多く、次はその一例。

心天突きのめされてかしこまり　　『柳樽』48

ところてんは江戸時代を通じて屋台店で売られ、幕末には一個一～二文だった。古くは葛餅のようにきな粉などをかけて食べていたのだろうが、酢や醤油、砂糖の類をかけて食べるようになる。次の句、才麿は芭蕉と交流もあった。

からし酢や鼻に夏なきところてん　　椎本（しいもと）　才麿（さいまろ）

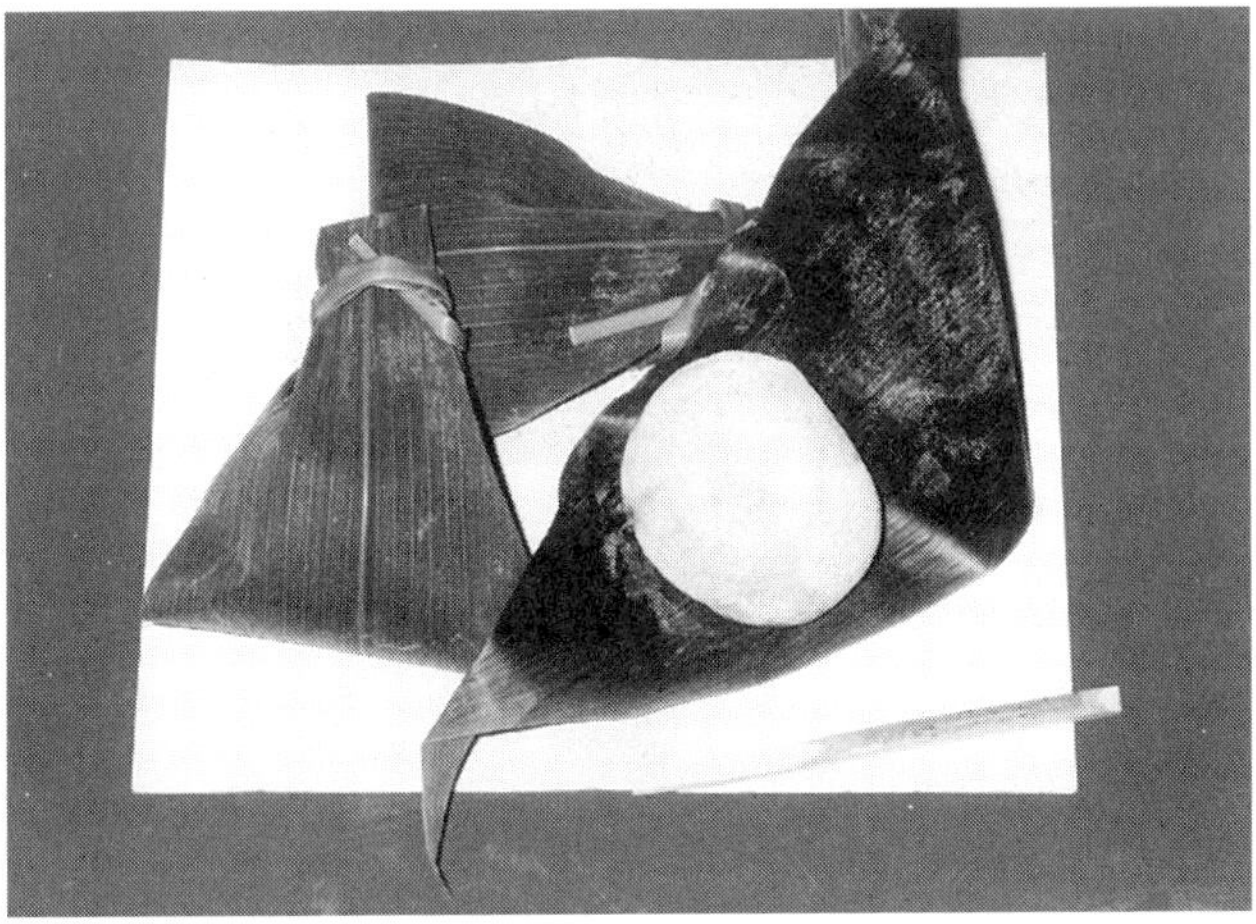

麩饅頭

麩料理も秋翳つくす京の雨　大島　民郎

小麦粉から取り出した植物性蛋白質のグルテン（麩素）に着色や食材を加えて高級な生麩とするが、この生麩に小麦粉や膨張剤を加えて焼くと保存に耐える焼麩となり、汁の実や煮物などよく見られるものである。禁裏御用をつとめていた大和屋嘉七こと麩嘉は餡を生麩で包み笹の葉で巻いた笹巻麩を考案した。明治天皇も好まれたと聞くが、一般の口に入るのは戦後も一段落してからであろう。

春暑し麩菓のやうな京言葉　後藤　比奈夫

現在では年間を通して多くの種類の麩饅頭が見られるようになったが、冷やしても硬くならず口あたりのよい麩饅頭は夏に適しているようだ。

京笹の六月の冷え麩まんじゅう　博二

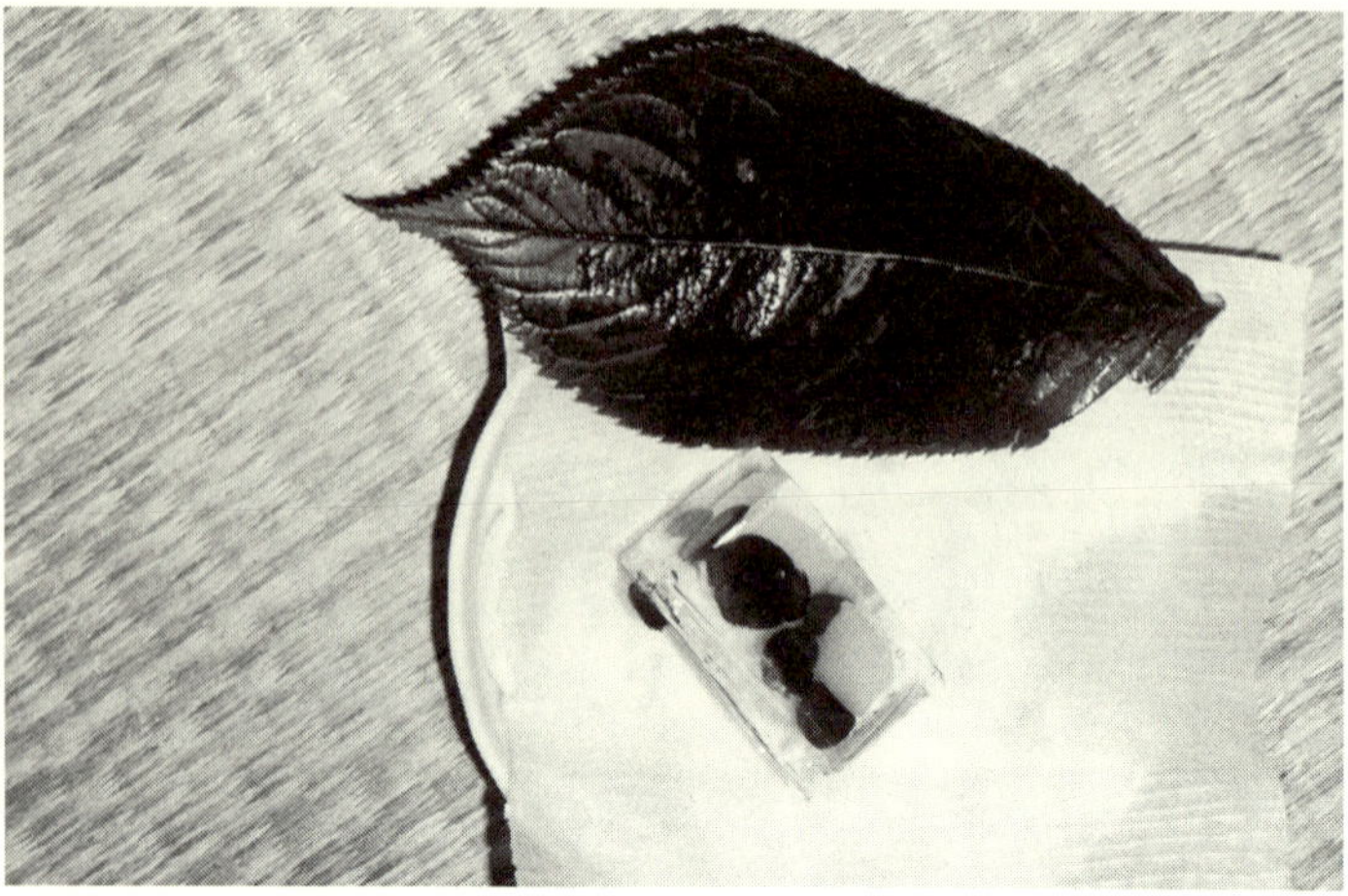

金玉羹

鉢に敷く笹葉透かして金玉糖　長谷川　かな女

寒天液に餡と砂糖を加えれば煉羊羹となるが、餡を加えず寒天の透明さを利用したものが金玉羹である。加える餡の種類などによって羊羹の名前が異なる様に、金玉羹も加える材料によって、吉野羹、みぞれ羹、杏羹などと菓名が変化する。金玉羹は江戸時代の終わり頃から一般的となるが、最近では誤読をおそれて錦玉羹と書く様になった。金玉羹を小さく切り、ザラメ、グラニュー糖をまぶして乾燥したものが金玉糖で、透明感があり、夏向きの半生菓子として用途の広い菓子。

人ごみに金玉糖を持ち帰る　赤尾　十博

金玉羹の中に卵白を泡立てて加えたものが泡雪羹で、淡白な味だが冷やしてよく、岡崎市の備前屋のものが有名。次は茅舎晩年の句。茅舎は川端竜子の弟。

朴の花眺めて名菓泡雪あり　川端　茅舎（ぼうしゃ）

金平糖

金平糖こぼれ拓地の祭果つ　　榎本　利孝

室町時代の末期、ポルトガル船が種子島に漂着してから、今年で四百五十年になる。南蛮船との交易で日本は西欧文化の多くを学んだが、菓子もその一つ。南蛮菓子は砂糖の大量使用が特長で、砂糖を知らない日本人に大きな刺激を与えた。

虫目鏡金米糖も栄螺殻　　『柳樽』

こんぺいとうは砂糖菓子を意味するポルトガル語のコンフェイトから由来し、金米糖、渾平糖、金餅糖などと書かれた。金平糖の特色は角にあるのだから、虫眼鏡で見ればさざえのように見えよう。信長に宣教師フロイスがガラス瓶入りの金平糖を贈ってから、日本で製造されるまで百年以上もかかった。今日ポルトガルでも作られているが、日本のものに及ばず、本家を凌いだ形になっている。

こんぺいとう袋より出し山開き　　博二

土用餅

はらわたになると言はれて土用餅　木下　碧露

暦の上では秋になったが、まだまだ暑い日が続く。土用餅とは土用に暑さ負けせぬよう搗いて食べる餅のこと。古くから行われてきたが、冬の餅のように雑煮や焼餅にすることは少なく、砂糖や小豆、きな粉などを加えて固くならないうちに食べてしまうのが一般的である。

よもぎを搗き込んで草餅とする地方もあるが、戦前、京浜間では軟らかめに搗いた小型の丸餅を安倍川風にきな粉をまぶしたものを土用餅とよんでいた。加賀では塩味で煮たささげ豆を軟らかい餅にまぶしたささげ餅として知られているが、ささげそのものの甘味と塩味が餅とよく調和した夏向きの餅である。

菓子としての土用餅は関西に多く、餡で餅を包んだ餡餅の類である。特に京都では土用の丑の日に五月の柏餅なみによく売れるので有名。

土用餅腹で広がる雲の峰　森川　許六(きょりく)

みたらし団子

笹の葉のそよぐ御手洗団子かな　　朴二

みたらし団子とは、京都の下賀茂神社で土用の丑の日に行われる御手洗詣で売られる団子のこと。みたらしとは神社の社頭で手や口を浄める所をさす。御手洗詣は境内を流れる御手洗川に足を浸して無病息災を祈るものだが、現在では御手洗詣用の池が掘られ利用されている。境内一帯は糺(ただす)の森とよばれ、古来詩歌に名高く、納涼の地としても親しまれてきた。

祭の子集へり加茂の串団子　　伏兎

この団子は太閤秀吉の北野大茶湯にも使われている。串に刺した五個の団子の先頭はやや大きく、二番目との間を開けているのは頭と四肢を表し、厄除の人形を意味するもの。現在では焼いて甘いたれをつけて売られているが、平生は神社近くの加茂みたらし茶屋のみなのが淋しい。

日盛を花とみたらし明日も来ん　　上島(うえじま)　鬼貫(おにつら)

みつ豆（Ⅰ）

蜜豆や幸せさうに愚痴を言ふ　　和気 久良子

喫茶店などで見かける女同志のおのろけ話。もっとも今の女性ならビールの方がいいかも。

蜜豆は江戸時代末からしんこ細工屋が作っていた。しんこの船にエンドウ豆や着色したしんこをのせ、子ども相手のものである。

大正時代も駄菓子屋や路上で売られており、賽の目に切った寒天と塩茹での赤豌豆に黒蜜をかけただけのもの。しかも通人は〝テンヌキ〟といってエンドー豆と黒蜜だけを食べていたという。

現在売られているような蜜豆は、明治末に六代目菊五郎や吉右衛門一座の本拠の市村座あたりが始めらしい。ついで花柳界に広がり、帝劇や百貨店の食堂でも評判になると共に、求肥やフルーツ、餡などが加えられ洗練されていく。

食堂や蜜豆を呼ぶ女連れ　　鵜沢（うざわ） 四丁（しちょう）

みつ豆（Ⅱ）

みつ豆をギリシャの神はしらざりき　　橋本(はしもと)　夢道(むどう)

戦前、銀座に和風喫茶の月ヶ瀬が開店したときのキャッチコピー。橋本夢道は自由律の俳人で企画にも優れ、あんみつを主力に、若松などの老舗とならび、銀座でも名を知られる店に成長させた。もっとも夢道があんみつを創案したというのは誤伝で、あんみつは大正十二年、浅草の梅園が売り始めたとか。

明治の末からみつ豆が食堂や喫茶店などで売られるようになると、ぎゅうひやフルーツが乗せられて洗練されていくが、あんみつができたことは発展であった。餡を加えることによって寒天と豆だけのサッパリした味に厚さと深みが感じられるのはさすがである。

現在の銀座には当時の面影はない。若松はビルの中で営業しているが、月ヶ瀬はどこへ行ったのだろう。

秋風のモボ・モガの頃あんみつや　　博二

アイスクリーム

一匙のアイスクリームや蘇る　正岡　子規

現在では食生活の変化でいつでも食べられるようになったが、子規の頃のアイスクリームは貴重だったに違いない。わが国では明治二年、咸臨丸の元乗組員であった町田房造が横浜の馬車道で〝あいすくりん〟と名付けて売ったのが最初。開業当初は一盛り二分と高価なため、外国人が食べた程度であったとか。

あいすくりん港ベンチは二人がけ　正力　タカエ

アイスクリームが盛り場や家庭などで食べられるようになるのは明治後期だが、氷菓子であるところからアイスクリームが高利貸の隠語となり、「金色夜叉」や「不如帰」にも使われている。最近では氷菓子を単に氷菓とよぶ例が多いが、氷菓はシャーベットのほうが似合いそうである。次の句、石田波郷は酒好きの俳人だった。

ビヤホール女に氷菓ただ一盞　石田　波郷（はきょう）

氷水

一人来て壁に向く席氷水　平賀　淑子

盛夏は氷水が懐かしい。削った氷に砂糖蜜をかけただけの〝すい〟から、苺、レモン、小豆など加える物に応じてメニューがふえる。

天然氷の貯蔵は仁徳朝から始まるといわれ、平安時代には貴族の銷夏用として食べられていた。近代的な氷商としては、横浜の中川嘉兵衛が多年苦心の結果、明治二年、函館より良質の氷を切り出し、築地に氷室を設けて売り出すことに成功している。機械製氷は、明治十二年、横浜の元町にストルンブリンクが創設した横浜氷製造所が最初。次は九代目団十郎の俳句。

身に染むや夏の氷の有りがたさ　市川　団州

明治二十八年の値段では雪（削氷）一杯一銭、氷汁粉二銭五厘、氷蜜柑・レモン二銭、氷玉子・いちご三銭。

一銭の氷少なき野茶屋かな　正岡　子規

夏越餅

夏越餅西陣をいま日照雨過ぐ　　横田　綜市

毎年六月の終りに夏越の祓えが行われる。一月から半年間のツミ・ケガレを祓ってリフレッシュしようということらしい。チガヤを紙で束ねて大きな輪にしたものを神前に立て、これをくぐると身が清められるといい、夏越によく見られる。

夏越をナゴシと読むのは邪神をナゴめるためといい、体力の衰えやすい夏に悪い病気にかからないようにようにとの願いでもあった。

六月一日二日は冬に作った氷餅を食べて暑さにそなえ、暑中に餅を搗いて土用餅とするなど、夏バテしないようにと気をつけている。新暦となって夏越が六月三十日となったがどこかおかしい。夏越は文字通り夏の終わる日。暑さで疲れた身心をいたわってこそ夏越の意味もよく伝わるというべきであろう。

暑にも倦む雲白く透き夏越餅　　博二

葛水

葛水の通るや腹に九折（つづらおり）　　三宅　嘯山（しょうざん）

嘯山（一八〇一没）は蕪村、太祇とも親しく「平安二十歌仙」の一人。暑中に渇きをいやすために飲む冷水の五臓六腑に沁み渡っていく様子であろう。夏の水分補給は大切だから、昔からいろいろと考えられてきた。葛水は葛粉を冷水に入れてかきまぜただけのもの。麦粉に水を加えて水粉とするのと同じだが、水だけ飲むよりは身体によいとされていた。後には甘味もつけた様だが例句は多い。

葛水にうつりてうれし老のかほ　　与謝　蕪村

葛粉といえば葛饅頭や葛切りなど加熱したものが多いが、そのまま落雁などにしても高雅な風味をもつ。葛水が永く夏の飲料として好まれてきた理由であろう。

葛水の冷たう澄みてすずろ淋し　　村上　鬼城

砂糖水

上臈は砂糖を水で召されけり　大島（おおしま）蓼太（りょうた）

位の高い女官が白砂糖を入れた冷水を召し上る想像句。当時の白砂糖は高価な薬であったから無理もない。元禄の池西言水に葛水かと思ったら輸入ものの砂糖の入った砂糖水だったという句もある。

砂糖水実（げ）や唐土（もろこし）のよしの葛　池西（いけにし）言水（ごんすい）

黒糖を菓子の替わりとする地方は現在もあるが、戦前は白砂糖を茶請けとした例も多かったはず。家庭ですぐ作れる砂糖水もよく飲まれている。「二ヶ匙の砂糖沈むや砂糖水」（中田みづほ）は戦前のホトトギスの有力俳人だが、「凡夫婦色なき砂糖水のむも」（清水基吉）は戦後だろう。次の句、昭和四十六年作。句の中の夫君は沢木欣一。

砂糖水を欲する時刻夫にあり　細見　綾子

葛切り

葛切や井のすずしさを掬ふごとし　大野　林火

水溶きした葛粉を火にかけて煉り上げ、水で冷やしてから麺のように切ったもので黒蜜をかけて食べる。現在では夏の定番として広く知られるようになったが戦後三十年代に京都の鍵善良房で有名になったといわれる。

葛切を水の流れのさまに盛り　檜　紀代

昔から水溶きした葛粉に砂糖を加えて煉り上げたものをちぎって水や濡れ布巾の上で冷ます葛煉りがあり家庭でも行われていた。しかし砂糖を入れると煉り上げたものが柔らかくなり麺のこしの強さがなくなるし、薄く延ばして急速に水で冷やすことが大切である。

葛切やひとりの旅は急がざる　鈴木　栄子

ラムネ

ラムネ売る仮の出茶屋や湖を前　破舟

今井柏浦の「最新二万句」（明治四十二年）には、計三句のラムネの句がとられている。同じく「大正一万句」（大正四年）にも「ラムネ抜て蘇生すとあり登獄記」（曽左運）他一句あり、清涼飲料水としては人気が高い。

ラムネはレモネードの転訛といわれるが、日本への伝来はペリー来航（一八五三）時と、一八六〇年に英人が長崎へ伝えたとの二説あり、明治元年には中国人の蓮昌泰が東京築地でラムネ製造を開始している。ラムネの製法は比較的容易で普及は早かったらしい。初期のラムネ瓶はキュウリ瓶とよばれ底が尖っていたが、明治二十七年以降現在のラムネ瓶型となり、昭和二十年代まで清涼飲料水として全盛を誇っていた。

巡査つと来てラムネ瓶さかしまに　高濱　虚子

サイダーとソーダ水

山水の乗りこえ乗りこえサイダー冷ゆ　窪田　鱒多路

山の茶屋などで見られる景。大きな桶などに入れて冷やしているサイダーや清涼飲料水の上を勢いよく流れていく山の水。見るからに涼しそうだ。サイダーは明治二十年に横浜の秋元巳之助がラムネ製造のかたわら金線サイダーの名で売り出したもの。明治三十七年に主冠栓の使用によりラムネと区別され、販売も本格化する。次の句は大正十一年ホトトギス雑詠選集にあるもの。

サイダーや含めば消ゆる氷屑　柴田（しばた）　宵曲（しょうきょく）

同じ炭酸水の清涼飲料水だが、サイダーはラムネよりも高級感のある瓶詰め、ソーダ水は飲む前に甘味や香料を加えるのが特長。

一生の楽しきころのソーダ水　富安　風生

ソーダ水うつむける時媚態あり　大須賀　邦子

甘酒

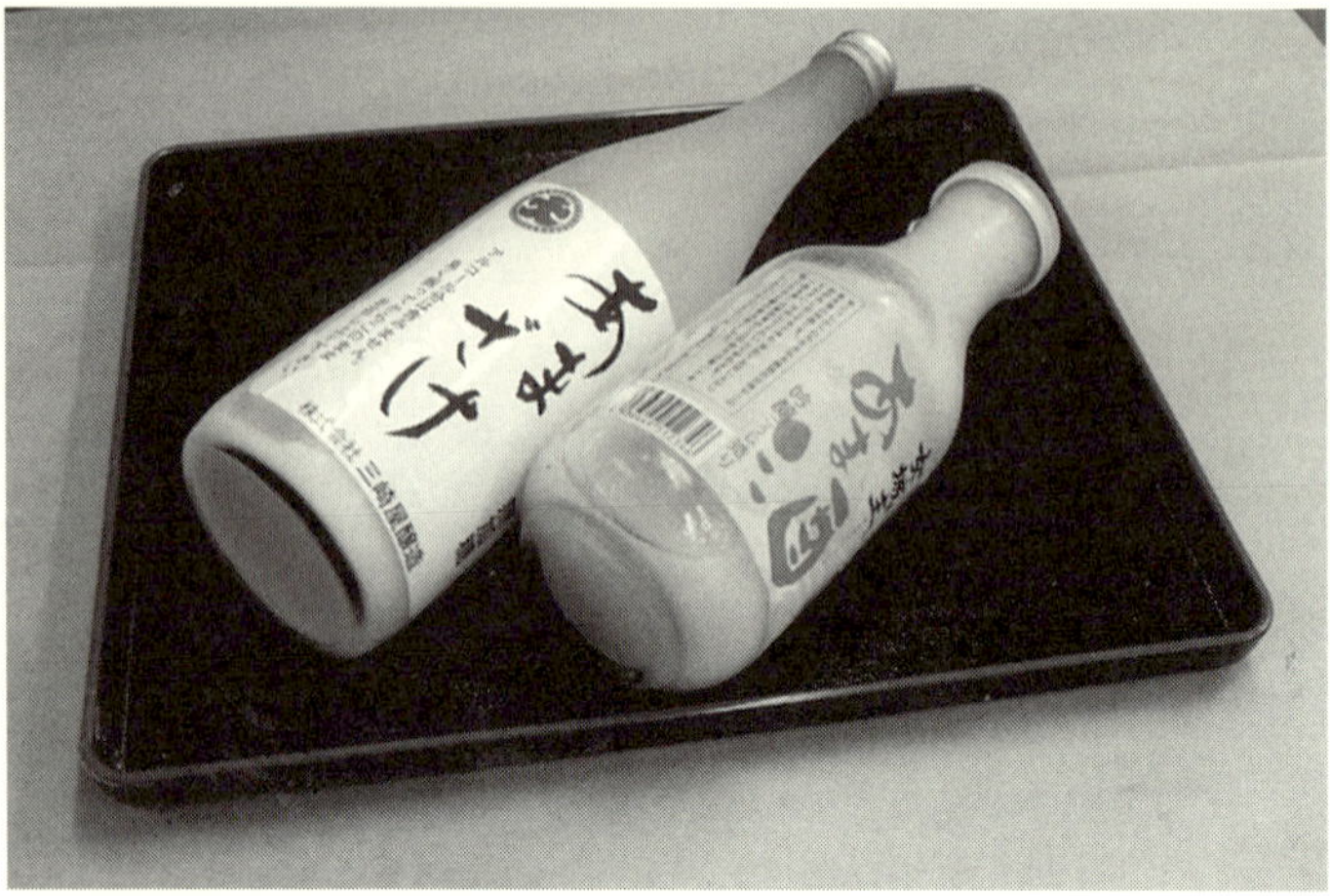

蚤はいや呑こそよけれ一夜酒　伊藤(いとう)　信徳(しんとく)

甘酒は麹と米飯を混ぜて60℃の温度を保てば一昼夜もたたずにできる。アルコール分はほとんど無いが一夜酒といわれるゆえんだ。芭蕉門人の服部土芳に「蚊の声やもち搗(ツク)内の一夜酒」は夏一晩餅を搗いていれば甘酒も出来上るということだろう。寒い時期よりも夏の方が六～七時間で醗酵するといえば甘酒は夏季。最も古い俳諧作法書の『毛吹草(けふきぐさ)』（一六三八）にも六月のものとされ、同書中の連歌の部では一夜酒の名で末夏に記載されている様に一年中で最も暑い時期に飲まれている。

甘酒が市中で売られるのは室町以降で時代によって行商の時間も変わったらしく、江戸では初め冬季、後に四季を通じて売られ、明治以降は炎天下の甘酒売は消えた。次の句、明治の祇園祭の点描。

鉾過ぎて所かへたり甘酒屋　安藤(あんどう)　橡面坊(とちめんぼう)

飴湯

紅き灯の影より呼びぬ飴湯売　　室積(むろずみ)　徂春(そしゅん)

明治から戦前にかけて夏季関西で売られていたものに飴湯がある。水飴に生姜、肉桂、砂糖を加えて熱湯で飲み、暑気払いとするもの。甘酒売と同じく天秤棒の両端に釜と箱を吊って街を売り歩き、夏の風物詩となっていた。後に「色ガラス嵌めて飴湯を煮る屋台」（菅裸馬）があるから屋台に替っていったのであろう。「眦(まなじり)を汗わたりゆく飴湯かな」（阿波野青畝）は知られているが、暑い時に熱いものを飲むのも先人の銷夏法である。

飴湯のむ背に負ふ千手観世音　　川端　茅舎

昨今では飴湯も夏には冷やして飲み、熱い飴湯は冬に好まれるようになった。甘酒と同じくホットドリンクとして冬季に適するというのが正直な所であろう。

日照雨(そばえ)来る檜(ひ)山杉山冷し飴　　上嶋　稲子

調布と若鮎

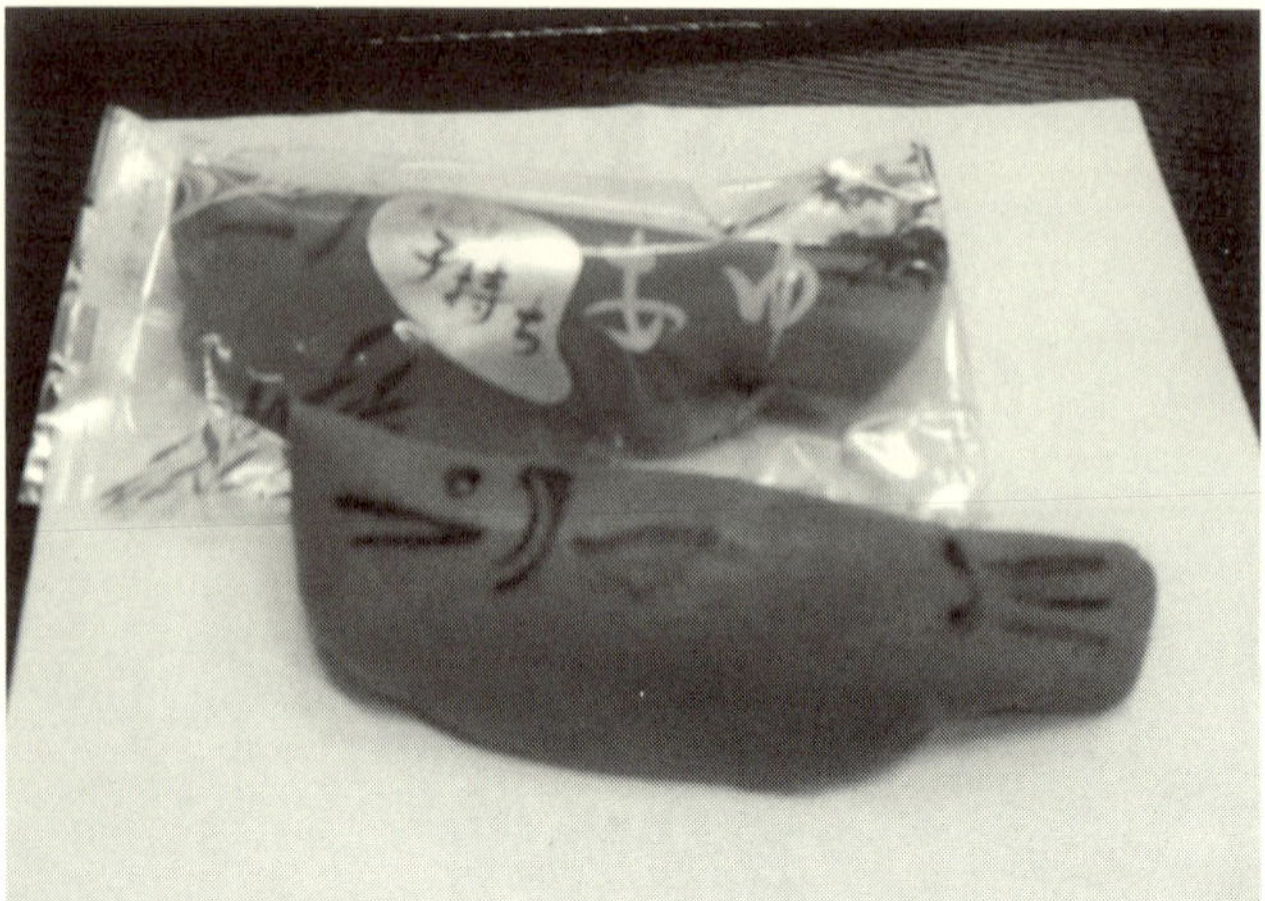

秋甘し焼皮にある生姜の香　　博二

虎屋黒川の銘菓残月はどら焼よりも固めの生地に生姜のしぼり汁を加えて銅板で焼き上げた佳品。江戸中期からといわれている。同じ焼皮製で知られる岡山の調布は求肥を包んで調布という焼印を押したものだが、餡の代わりに求肥が使われているのが淡白で夏向きということらしい。調布は現物税として官に納める手織の布のことだが、残月と同様に京都から伝わったもの。

若鮎や保津の筏に行ちがひ　　松根（まつね）東洋城（とうようじょう）

後に調布の形を変えて魚の形に仕上げたものを若鮎などの名称でよく見かけるようになった。焼火箸や焼印でそれらしく形作られた菓子の鮎は焼皮に風雅の趣きがあり季節にふさわしい。

汗溜めて菓子の鮎焼く眼鏡玉　　博二

薄荷糖

六月や口中の香の薄荷糖　　石塚　友二

薄荷と書けば古めかしく、ミントの方が通りやすくなってしまった。清涼効果のあるところから、夏の飴、ガム、飲料などによく使われている。昔、暑い季節、振舞水といって道に水をおき通行人に自由に飲ませたがその際、薄荷を添えることもあった。

薄荷はシソ科の多年草で山地に自生するが、北海道の北見市では大規模に栽培し、戦前には世界の七割も生産していたという。現在では合成品や外国産に押されて転向してしまったが、北見は薄荷の香りのように爽やかな街である。昔から知られているのは薄荷糖だが、今でも北見では薄荷を使った菓子が多く、砂糖豆や甘納豆からチョコレート、飴、クッキー、薄荷羊羹までそろっているとか。

雁渡しは初秋の北風の異称。

雁渡し北見青透く薄荷糖　　文挾（ふばさみ）　夫佐恵（ふさえ）

秋

最中

紅唇やアイスモナカゆ指はなし　沢木　欣一

九月はまだ暑い日が続く。乳脂肪分の少ない氷菓をつめたアイス最中も、今日では懐しい味となった。右の句は昭和二十八年、奈良での作。当時の駐留米兵や日本女性のスナップショット。

最中は本来、最中の月、すなわち中秋の名月の略である。江戸時代、吉原の菓子屋竹村の名物は最中の月といい、丸い麩焼煎餅に砂糖のすり蜜をかけたもの。十五夜は吉原の紋日であったから、「禿(かむろ)にも最中の月をねだられる」(『柳樽』25)と川柳の題材にもなった。

最中の月に餡をサンドしたものを最中饅頭として他の菓子屋が売り出し、これが現在の最中の元祖らしい。

本家の竹村は立地条件もよく、饅頭にするよりは日持ちもよいので、そのまま麩焼煎餅の形で売っていたのであろう。

故里へもなかを贈る敬老日　博二

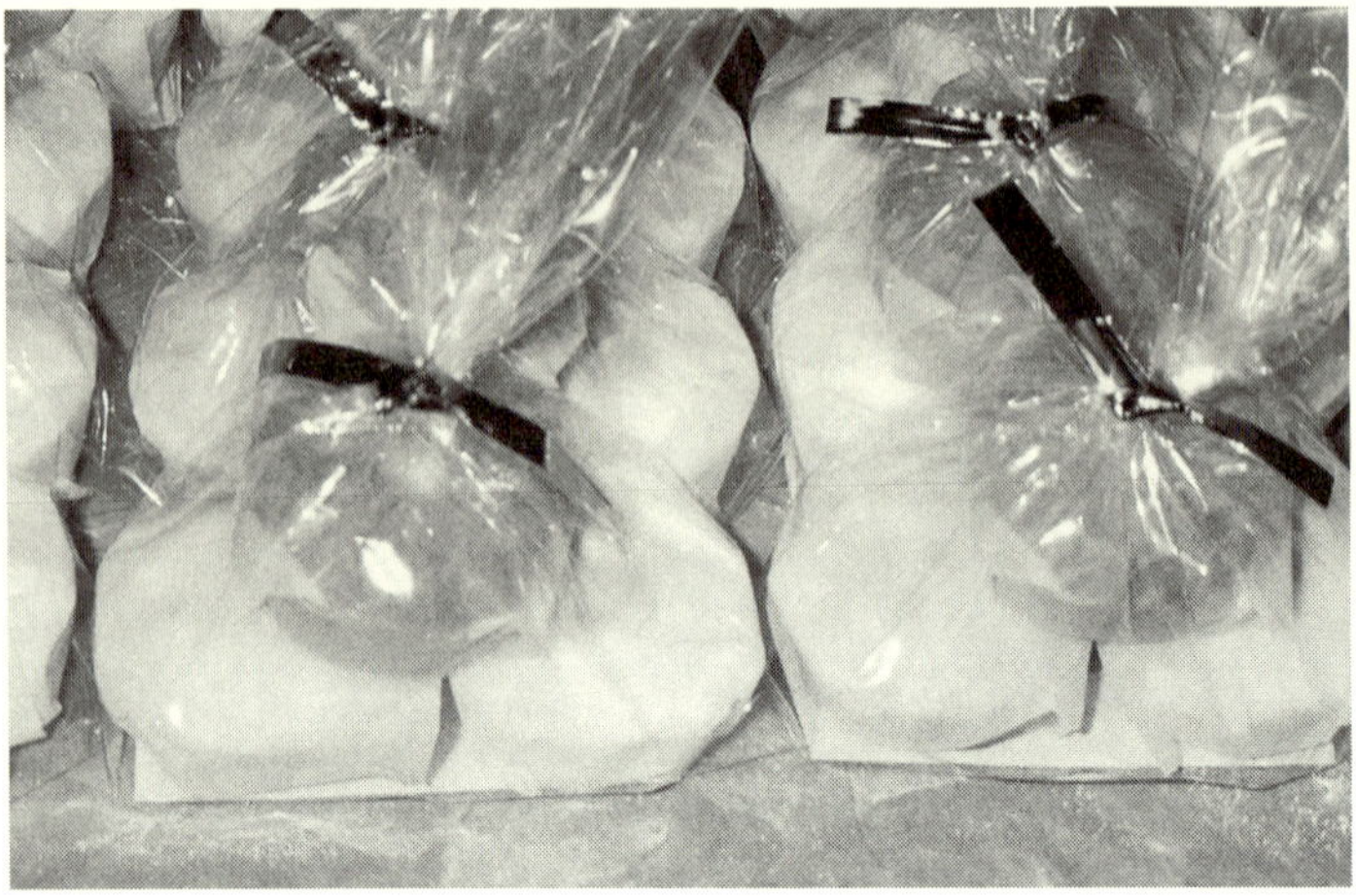

盆供

盆団子(ぼんだご)の白き故郷の客となる　有働(うどう)　亨(とおる)

作者は熊本の生まれ。静岡の宇津谷峠の十団子(とおだご)のように、団子をダゴとよぶ例は多い。お盆にはお迎え団子として白い積み団子が広く使われている。

ある女性客の故郷では盆に酒饅頭を作るという。相模原出身とのことであったが、畑が多く麦が多く収穫されていたからであろう。炊き立ての飯にこうじをまぜ、日向に置くと半日位でぶくぶくと発酵する。この甘酒状のもので小麦粉をこね、ちぎって餡を包んで丸め、また日向に置くと三十分位で艶がでてくるので、あとはせいろで蒸すだけだが、蒸し過ぎるとペチャンコになるとか。今ではこうじも手に入り難く、駅の近くに老夫婦の酒饅頭屋が一軒あるだけという。両親のいない実家には疎遠になるばかり。

次の句、惟然は芭蕉の弟子。

涼しさよ饅頭喰ふて蓮の花　広瀬(ひろせ)　惟然(いぜん)

サーターアンダーギー

ドーナツを握りし甘さ那覇の秋　　博二

サーターアンダーギーは沖縄を代表する菓子。サーターは砂糖、アンダーギーは揚げ物でドーナツのように種を揚げたものを指すとか。砂糖、卵、小麦粉を捏ねて耳たぶほどの硬さにして手で丸めて油で揚げていると、チューリップ形に一ヶ所が割れて笑っているように見える。油で揚げた菓子のやさしさ。

盆の夜の島の母なる油菓子　　博二

沖縄の盆は旧暦でいわゆる月後れの盆ではない。大潮の頃と重なった珊瑚礁の海に囲まれた原生林を持つ島々の比類なき生命感の中での盆の行事。それにしても島の手作りのおやつは甘く腹持ちもいい。

横浜市の東部に位置する鶴見は沖縄出身の人々が昔から多く、リトル沖縄とよばれている。

本土秋色サーターアンダーギー積まれ　　博二

煎餅

春愁やせんべいを歯にあてていて　　大野　林火

煎餅というと塩煎餅を思いがちだが、食物史的には甘味煎餅が主流である。奈良時代に伝わった唐菓子から長い時をかけて変化し、江戸時代に開花する。菓子として保存性のよいことも土産、進物、儀礼などに利用されてきた一因だろう。右の句など塩煎餅では様にならない。

煎餅焼く手許の冬日裏返し　　名倉　光子

この句でも塩煎餅の手焼きとも見られるが甘味煎餅も所詮は手許の所作の連続である。亀の子煎餅、瓦煎餅に始まって各地の名物煎餅の種々、京の八ッ橋、加賀の芝舟、松風などもある。塩煎餅を明確にしたければ前書を付けるか「掌に割って草加も秋の塩煎餅」などはっきりさせる必要があろう。

瓦せんべい大きく焼けて彼岸かな　　小島　千架子

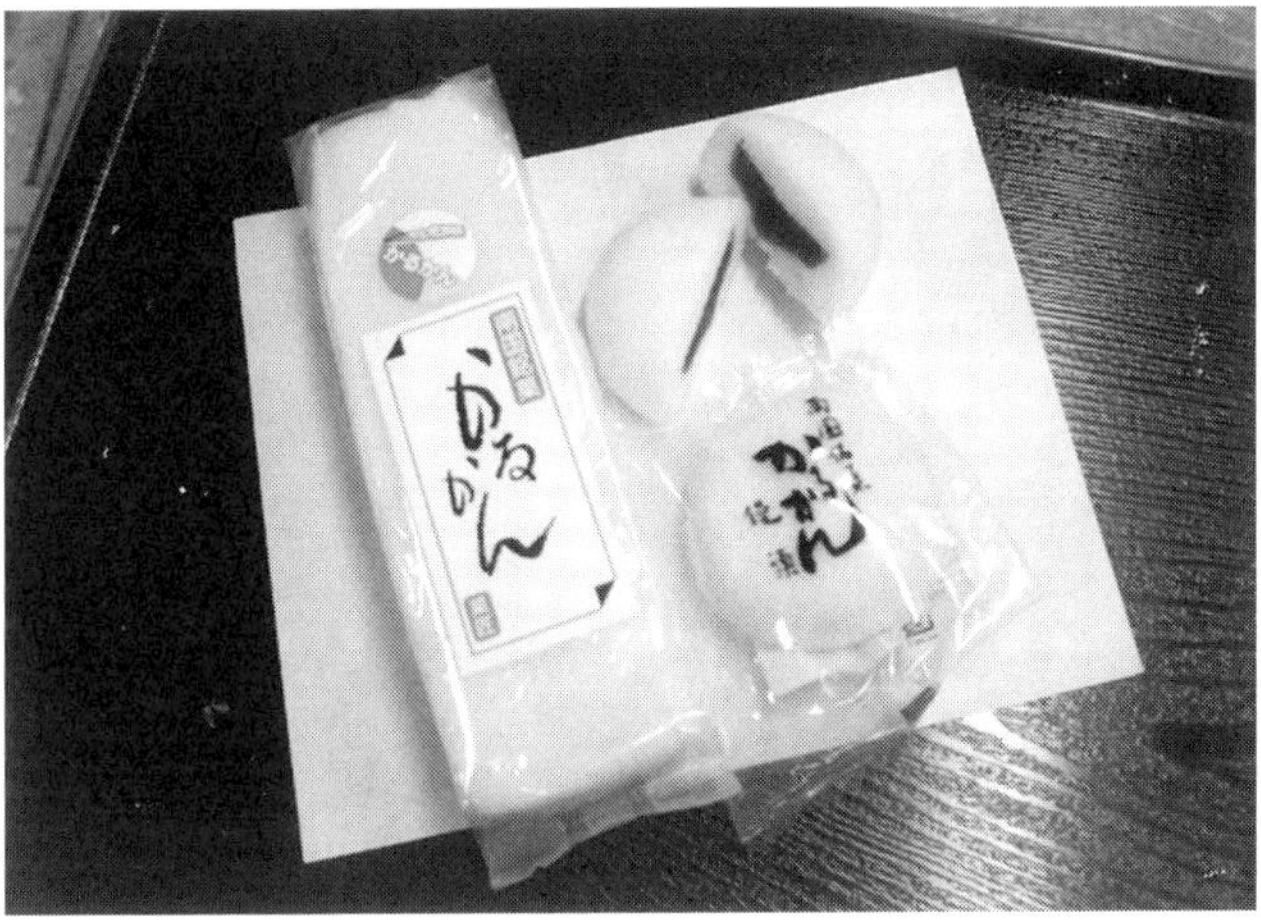

かるかん

かるかんの出はじめにあふ秋の旅　　鈴鹿（すずか）　野風呂（のぶろ）

一般の歳時記にはほとんど見られないが、九州では軽羹といえば秋。鹿児島の菓子屋に「かるかん売り出し」の看板が目につけば南国にも秋が来る。鹿児島は良質の自然薯の産地として有名。軽羹はすりおろした自然薯に砂糖とうるち米の粉を混ぜ合せて蒸したもの。カステラとくらべて淡白だが、それだけに素材の吟味と技術が大切となる。

かるかんを喰うべ遠目に桜島　　竹内　夏竹

軽羹の歴史は古く、十八世紀初めの島津藩の献立表に残っているが、現在の品に近くなるのは十九世紀半ば。島津斉彬が江戸より菓子職人を連れ帰ったことによる。軽羹が庶民の口に入るのは明治維新以後。鹿児島は連合艦隊の寄港地だったことも全国に知られるきっかけになっているという。

かるかんや鹿児島に住み歳古りぬ　　高橋　秋

月見

中秋はだんご十五の月見也　『柳樽』5

月見だんごは上新粉だけの白団子だが、軟らかいうちならそのまま、きな粉か砂糖をつければ結構食べられるし、硬くなれば焼いて醤油をつけるなど餅と同じに扱えばよい。

留守居して月見だんごを焼く夜かな　川口　松太郎

本来月見は農耕民族の初穂祭的なものだろうが、中国では風雅の催しとして唐の頃から盛んになり、日本でも平安初期から行われるようになった。中国では月餅を供えたが、油で揚げたもので、日本で見られる中華菓子の月餅とは異なっている。

最近は月見饅頭も売られているが、江戸時代にも見え、例えば吉宗の代に「饅頭や雨の月見の月見かな」（叙父（じょがい））とある。

十五夜の饅頭ふかす土間暗し　牛山（うしやま）　一庭人（いっていじん）

祝菓子

敬老日とは煮小豆をことことと　　及川 貞

いはゆる『ハレ』の日の食事には、餅や赤飯が欠かせない。餅には小豆の餡がよい。以前は小豆を各家庭で煮て、それぞれの家の餡を作って祝っていた。

路地古るや老いの祝いの配り菓子　　鈴木(すずき) 炯(けい)

配り菓子だけではよく分からない。紅白の餅、すあま、ねりきりなどの上菓子、飴や乾いたクッキーなど何でもよい。ただ最も多いのは饅頭か。特に関西では、お祝いに紅白の饅頭を配ることが多い。仏事には饅頭類はあまり使われないようだ。逆に関東では、春日饅頭やしのぶ饅頭などの大型の饅頭を、いわゆる葬式饅頭の名で思い出される人も多いことだろう。勿論、関東でも卒業式や各種の記念日、とりわけ敬老の日などに小型の紅白饅頭類がよく使われるようになって来ているが。

敬老の日よと饅頭とどきけり　　長谷川 健三

おはぎとぼた餅（Ⅱ）

お萩腹秋の彼岸の暮れかかる　大谷（おおたに）句仏（くぶつ）

俳句で彼岸といえば春の彼岸のこと。句仏は東本願寺の管長であった。彼岸には春秋ともにだんごと打菓子とおはぎを供え、俗に「中日ぼた餅、明けだんご」といわれるように、江戸時代から彼岸におはぎを食べる習慣があった。

牡丹餅は昔は賤しいものとされ、あばた顔や円く大きな醜い顔も意味した。雑俳の「へらず口」（元禄七年）にある「牡丹餅も親の心にゃ萩の花」、また寛永十五年の「鷹筑波」にも「萩の花牡丹餅の名ぞ見苦し野」とあり、牡丹餅の異称としての萩の餅やおはぎは少くとも江戸初期には一般的となっていた。

またぼた餅は鎌倉時代、掻餅（かいもち）とよばれ、日蓮の龍ノ口の法難に際して一老婆が胡麻の牡丹餅を供養したことから、今でも九月十二日の法難会には御難の餅として供養されている。

かまくらやいぬにも一つ御なん餅　小林　一茶

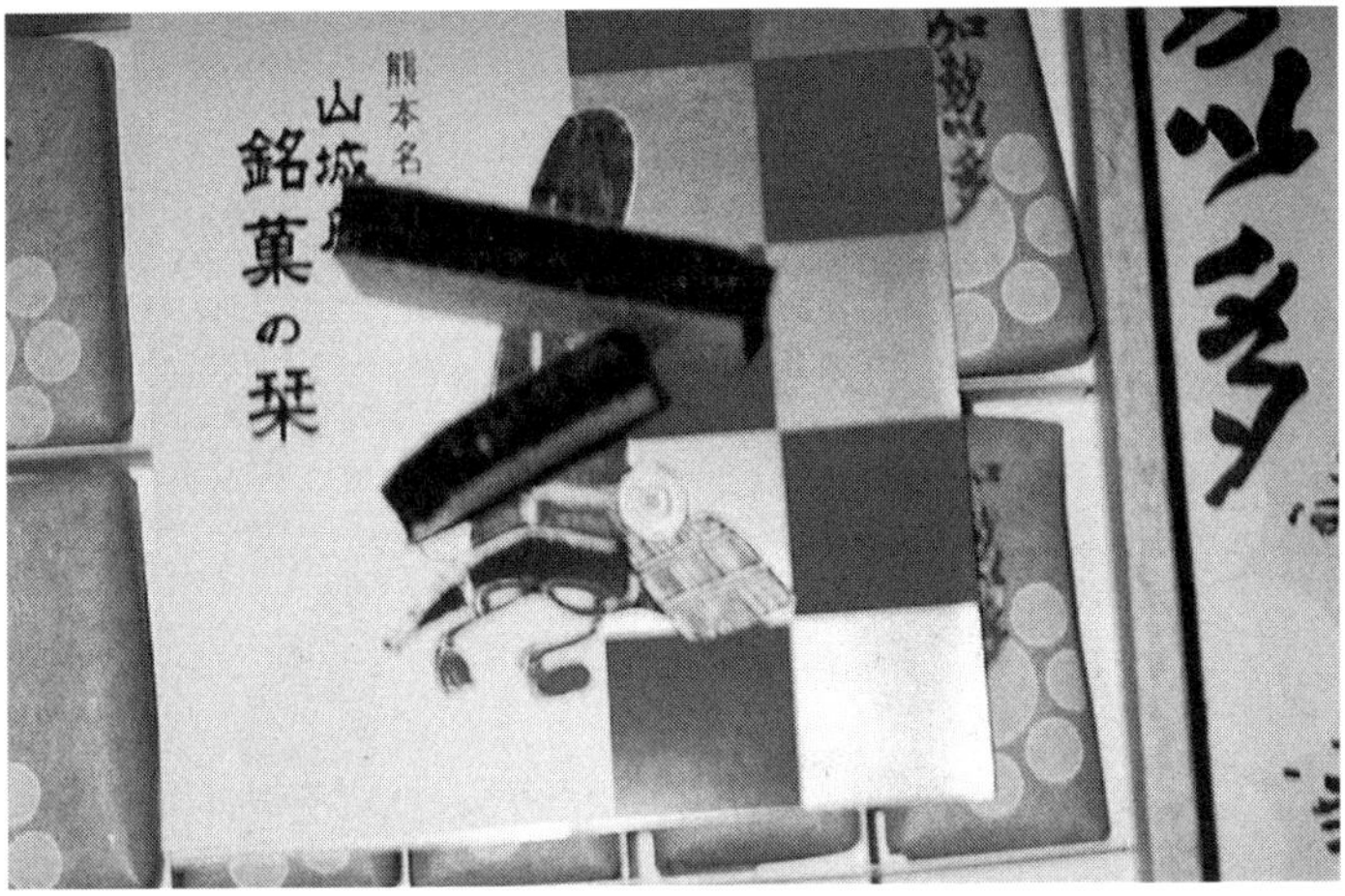

カセイタ

木の瘤のよなまるめろを噛りけり　　岩谷（いわや） 山梔子（くちなし）

マルメロはポルトガル語。かりんに似て香りがよい。ポルトガルとの交易を通じて伝わった南蛮菓子の中に、マルメロをジャムにして、羊羹のように固めたものがある。日本ではカセイタと名づけていたが、肥後の熊本藩であった細川忠興が好み、領内にマルメロの木を植えさせてカセイタを作らせた。忠興はこのカセイタを京都や江戸に送り、毎年四月には将軍家に献上していたという。

ゼリーを応用したこの種の菓子は珍しく、当時一般には山梨の実を代用にして作られていた。

明治以降は細川家を離れ、熊本の老舗山城屋でもっぱら売られている。現在ではカリンの実をジャムにしたゼリーを薄い最中の皮ではさみ、短冊形に切ったもので、歴史が感じられよう。

まるめろの香淡き肥後のむかしかな　　博二

あんころ餅

晴あがるあんころの町千代尼祭　　新田　祐久

後年、尼となった加賀の千代の忌日は九月八日。生地の石川県松任では円八あんころが知られている。

あんころは餡衣餅の略ともいうが、やはり餡ころばしの意味だろう。アンモチは一六〇三年の日葡辞書にものっているが、これは大福餅のように外側が餅のもので、ぼた餅やあんころのように餡をまぶしたものは取り扱いが悪く、市中で売られるのは江戸も中期以降らしい。

一子相伝の文字と天狗の羽団扇が画かれた竹皮包みの円八あんころは、平たく作られた小さな餡餅だが、以前は丸型であった。竹皮なのでつぶれてしまうからいっそのこと平らにしたとか。中の餅もよいが、さらし餡の淡白な味が何ともいえない。その日限りのものだが、餡餅の逸品。

あんころの竹皮包み秋暑し　　博二

栗子餅

もてなしの栗やわらかき里の餅　　博二

秋の菓子といえば栗をあしらったものがよい。最近では見られないが、室町時代からの有名な菓子に栗子餅（クリコノモチまたはクリノコモチ）がある。栗を茹でるか焼くかして粉にしたものを餅にまぶしたもので、高級品は栗の粉と餅を半々にして搗き、五代将軍綱吉の好物だったという。

旧暦の九月九日を重陽（ちょうよう）の節句といい菊の節句とも呼んだ。中国ではこの日、山椒を身につけ、菊花を入れた酒を飲めば長生きできると信じられ古くから行われてきた。日本では四日ほど後の十三夜を栗名月といったように、重陽を栗の節句とし、栗子餅を食べ、親しい人に栗を贈るなどしている。

旧暦の重陽の日をたしかめて、菊酒に栗なども一興だろう。

寺古りてくりの子餅の一つ栗　　博二

ずんだ餅

ずんだ餅あはき甘さの無月かな　大野 林火

枝豆も本来は八月のもの。名月に供えることもあるので月見豆とも呼ばれる。完全に熟すれば大豆だが、まだ若い豆を枝ごと塩茹でにするのでその名がある。ずんだ（豆打）餅はこの枝豆をすり鉢でつぶし、砂糖を加えて味つけした餡を餅のまわりにまぶしたもの。

芯となる餅は搗いたものでもよいが、おはぎ式の方が簡単。餅米に飯米を少し混ぜて炊いた飯をすり鉢でつぶしてまるめ、この枝豆の餡をつければ出来上り。

周囲につけるものによって、きな粉、胡麻、くるみおはぎなどと名前も変わる。

ずんだ餅もよく見かけるようになったが、家庭で容易に作れる。冷凍物もあるが、新鮮な枝豆を使うのがコツ。旧盆から月見へかけての東北の素朴さを味わうことができよう。

豆打餅食ふべいぐべと市帰り　加藤 楸邨（しゅうそん）

粟餅

秋風や粟餅ありて故旧なし　　富安　風生

「柳津には名物粟餅をひさぐ古き馴染の俳人ありけるが」と前書がある句。福島県の柳津は虚空蔵菩薩で知られ、この粟餅は大福のように餡を包んだもの。

粟餅のふわふわと搗き上りたる　　紅春

粟餅は弾力が少なく、食べても軽いので、餡やきな粉ともよく合う。江戸時代、目黒不動の粟飯が曲搗きで人気があった。京都では、北野天神前の粟餅が有名で室町末期からという。江戸初期の『毛吹草』にも山城名物北野粟餅と記されているから、歴史のある京都でも指折りの菓子である。現存の粟餅屋は五代将軍綱吉の代からだが、それでも三百年余も経っている。丸いあんころ餅のタイプと、細長にしてきな粉をかけたものの二種類だが、洗練された味はさすがだ。

あわもちの餡もきなこもあたたかし　　博二

安倍川餅

橋越せば鞠子や秋のきなこ餅　　博二

安倍川餅が特に評判となるのは天明以降で、当時まだ高価な白砂糖が静岡の附近でも生産されるようになり、きな粉が砂糖入りとなったことが大きい。餡ときな粉の二種類の餅だが、その上にも砂糖を少しのせた。

安倍川を越えて上戸は待っている　（天明5年）

甘党には見のがせない名物だから、お代わりなどして長居し、酒好きはさっさと川を渡って対岸で待ちくたびれているだろうという川柳だが、わさび醤油のからみ餅などは上戸にも向く。

現在では安倍川橋から少し戻ったところにある石部屋がいい。きな粉と餡のセットとわさび醤油のからみ餅だけだが、餅の味は絶品。一見しもた屋風の店内には、有名人の書いた色紙や短冊が貼られている。俳句ではないがその中の一枚。

子供のときと同じ安倍川餅の味　　黒柳　徹子

京土産

朝顔の七彩京の駄菓子買ふ　加藤　知世子

駄菓子でさえも京都と聞けば、どこかみやびな感じがする。街全体が巨大な門前町であるような京都では昔から観光土産の菓子が巾をきかせていた。土産用の菓子は、安価で、保存性がよく、持ち運びが便利で、なおかつ美味でなければいけない。この条件にぴたりと合ったのが八ッ橋である。

八ッ橋は江戸時代からあったが、明治三十八年に京都駅で売り始めてから、全国的に有名となった。現在ではおたべで知られる生八ッ橋の方が人気だが、売り出されてまだ三十年たらず。

京土産では他に、五色豆などの豆菓子が古くから知られている。また蕎麦ぼうるは、蕎麦屋でもある河道屋の初代が、元禄のころ、南蛮菓子を真似て創案したものといわれているが、京都らしいといえよう。

冬薔薇に人ことづてのそばぼうろ　中村　汀女

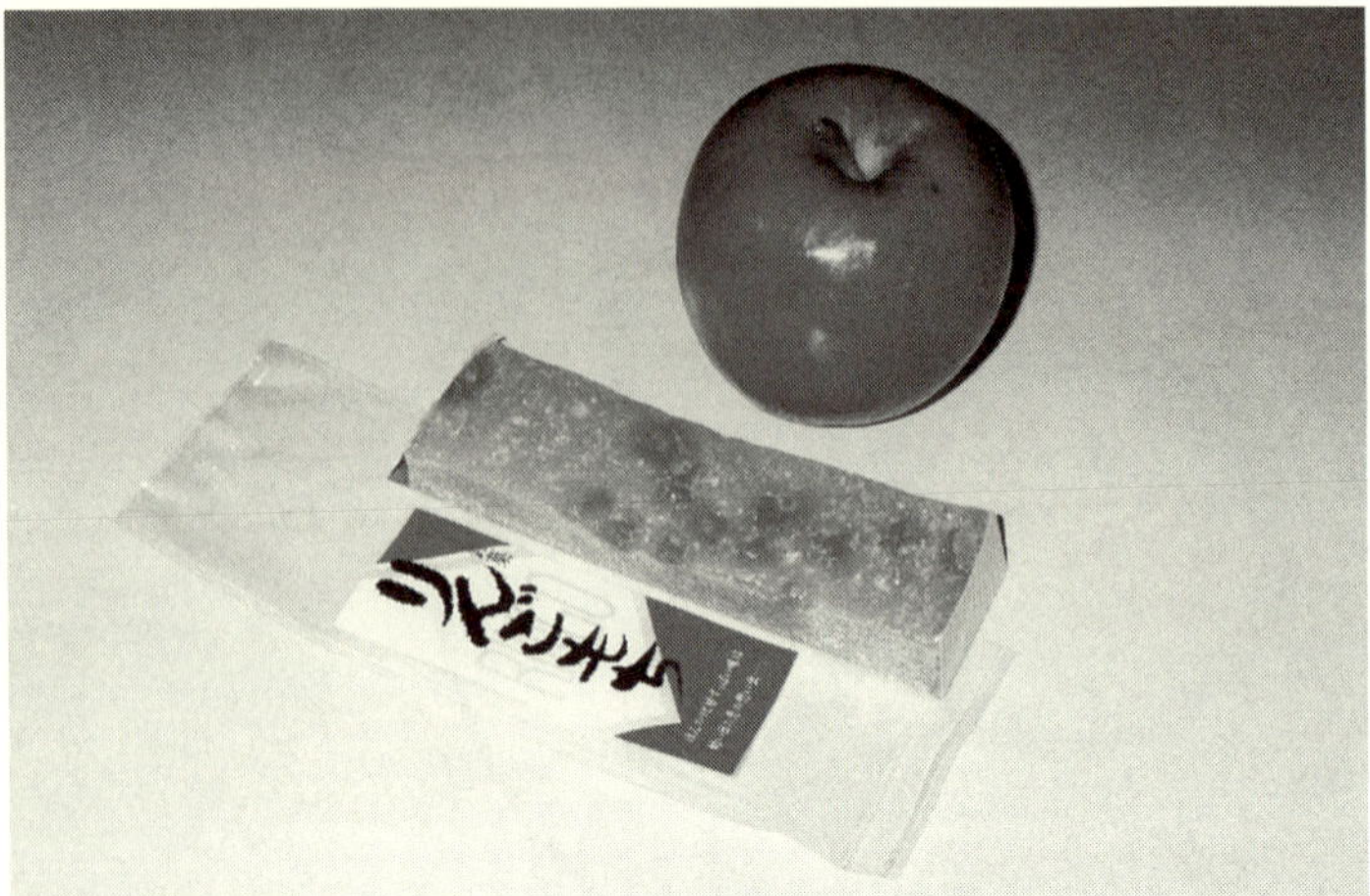

林檎

つやつやと林檎涼しき木間哉（このまかな）　　江左　尚白（しょうはく）

尚白は芭蕉の高弟の一人。林檎は中央アジア原産。ヨーロッパでは最古の歴史を持つ果樹だが、中国でも古くから栽培されていた。現在見られるものは明治以降に輸入された西洋種で、それ以前のものを和林檎と呼び区別している。

林檎は生食の他、酒、缶詰、ジャム、ジュースなどにするが、菓子の材料にも利用されてきた。さくさくした食感やさわやかな酸味は和菓子にも取り入れられてもよいだろう。軟らかな林檎餡とカステラ生地の取り合わせなどよく見かける。青森県ではさすがに種類も多く、羊かん、ゆべし、焼菓子の他、輪切りにして砂糖漬けにしたものが目立つ。洋風和菓子では弘前市の「気になるリンゴ」。リンゴを丸ごとパイ生地で包み焼きしたものだが好評である。

丸ごとの林檎パイ焼き文化の日　　博二

胡桃

胡桃餅もみじに早き峠越す　　　博二

すりつぶした胡桃に砂糖や調味料を加え、餅と和えて食べるのは信州や東北に見られるが、野趣があってよいものである。

ゆべしなどの蒸した甘い餅に胡桃がまぜてあるのも東北に多い。ゆべしは柚餅子と書くように本来は柚子を使ったのだろうが、東北では胡桃となった。からめ餅、家福餅、くじら餅など同じである。中には胡桃ゆべしの名もあるほどだ。

干菓子の類では胡桃を丸ごと砂糖がけしたようなものもあるが、松本市の開運堂の真味糖が有名。砂糖と蜂蜜を煮固めた中に鬼胡桃を散らしただけのものだが裏千家淡々斎の命名したものでさすがである。

和菓子では胡桃を上にのせたいわゆる胡桃まんじゅうが一般的。小豆餡と胡桃の相性はかなりよい。

方丈に茶と賜りて胡桃菓子　　　博二

蒸羊羹

栗羊羹夫を客とし一点前　中川　はぎの

秋の季語には菓子の類いが少なくない。柿、柚子、胡桃など果実や木の実に関するものばかりである。その中で菓子に使われるものといえば、まず栗だろう。羊羹といえば、まず煉羊羹と思われがちだが、蒸羊羹の方が遙かに古く、室町時代から作られ、煉羊羹が一般的になるのは江戸時代も後半である。新栗を入れた蒸羊羹はそれだけでも秋を感じさせるが、事実、甘味が薄く食べごたえのある蒸羊羹の味覚は、秋から冬にかけてにふさわしいものだ。

蒸羊羹買う二の酉の空模様　博二

昔懐しい芋羊羹は蒸した甘藷を熱のあるうちに裏漉しをして、砂糖と少量の塩を加えて枠に押しただけのものだが、甘藷の凝固力を利用するので材料が新鮮であることが条件になろう。やはり秋から冬へかけての菓子である。

仲見世の飾り紅葉や芋羊羹　博二

栃の実

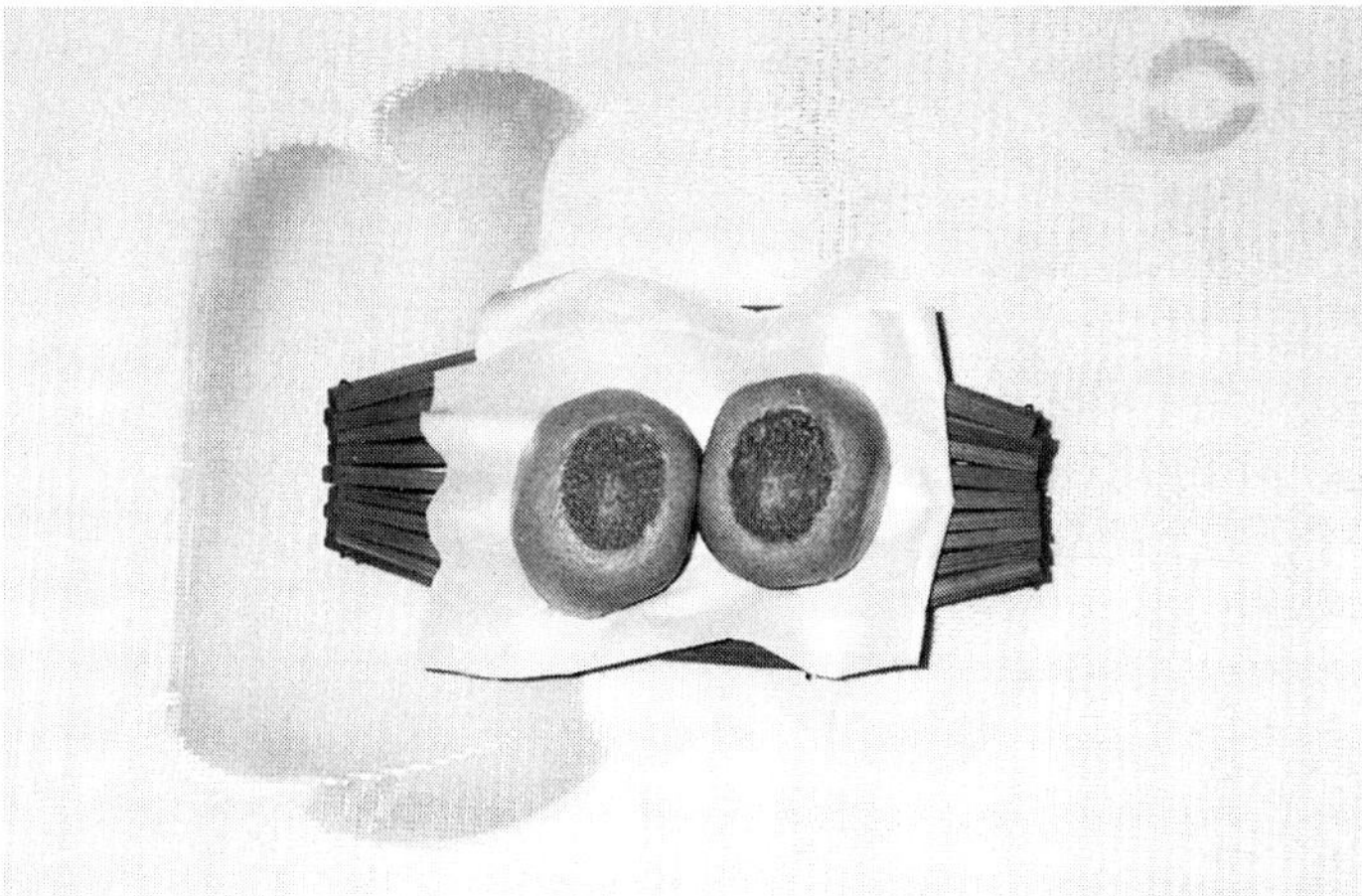

五箇山の栃の実餅や頼母子講　坂下　熊野

富山県の五箇山（ごかやま）は合掌部落として知られる秘境の地でもあった。栃の実は昔から飢饉の際に利用されたが、山国では秋から春へかけて粥や餅、麺などにして常食していた。

栃の実は粥粉を多く含むがアク抜きが難しく、乾した実ならば一ヶ月もかかるといわれる。餅米に三割位の栃の実を入れて搗いたものに砂糖やきな粉をつけ、又は焼いて砂糖醤油などでもよいが、独特のえぐ味が懐かしい。

栃餅を焼いて貰うて旅終る　岩崎　俊子

土産店などで見られる品の多くは求肥の類が多く、餡を包んだものもある。京都の貴船では淡黄色をした大福餅のような形で売られていたので珍しかった。米粉等とまぜて団子とする例もあり、いはゆるおやきと同じく、昔はこの方が一般的だったのだろう。

栃団子猿の名所の宿屋かな　武定（たけさだ）　巨口（きょこう）

栗

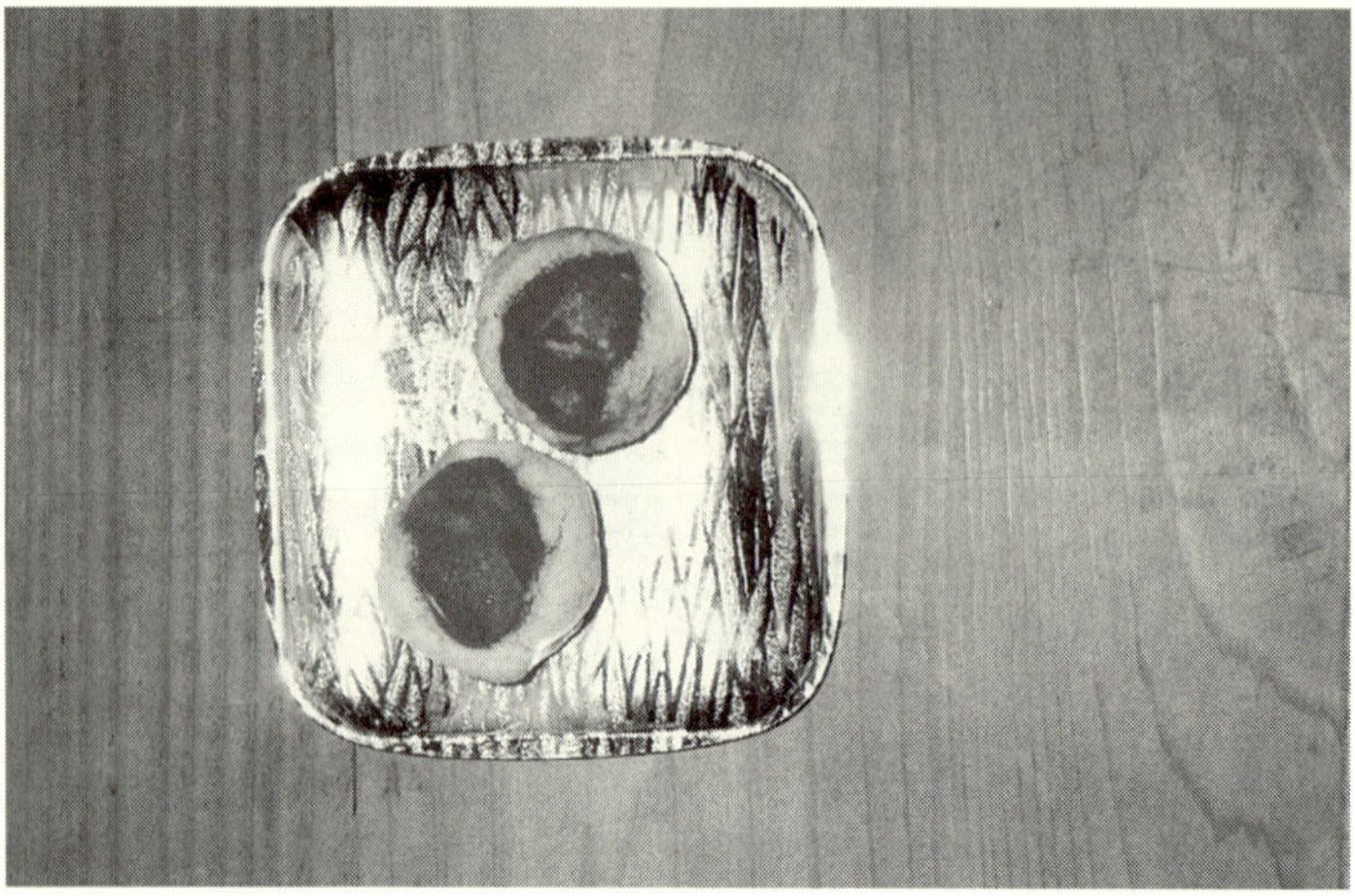

栗の菓子鄙びて落葉聴く如し　　水原　秋櫻子

秋櫻子は粕汁でも酔うほどだったから、菓子の句はかなり多い。菓子は本来、果子、即ち木の実や果物であったから、栗も古くから菓子として親しまれてきた。

栗は焼くか茹でるだけで菓子となるが、昔からいろいろと工夫されている。栗を粉にして餅にまぶしたものを栗子餅といい、室町の半ばから見られ、九月九日の重陽（ちょうよう）の節句にも使われた。栗の粉と砂糖だけで作る栗羊羹も江戸の後期にはあらわれている。

打栗の縁に筵に秋日かな　　藻水

蒸栗を叩いて偏平にし、焙炉で乾かして煎餅のようにしたものを打栗といい、甲州の名産であった。栗を使った菓子は信州の小布施のものが知られているが、最近では木曽川流域での茶巾にしぼった栗きんとんも好評である。

木曽人の手作る栗の菓子うまし　水原　秋櫻子

駄菓子（I）

桃色多き明治の駄菓子秋風に　　古沢 太穂

デパートの駄菓子展での句。黒糖や胡麻、きな粉など地味な色彩の駄菓子展では、アルヘイや金花糖の桃色がよく目立つ。関東では赤色の饅頭はあまり売れないが、駄菓子でも同じらしい。その是非はともかく昔の駄菓子は色彩豊かで子どもたちの夢を誘うものであった。

駄菓子の名は本来上菓子に対比したもの。上菓子は献上菓子の略で、それ以外のものを雑菓子といい、飴、おこし、豆菓子、焼菓子、昆布菓子など多様であり、特に関東では駄菓子とよぶようになった。

江戸の駄菓子では麹町の助惣の麩の焼が有名。麩の焼は千利休が茶会の菓子として好んだもの。小麦粉のクレープで山椒味噌などで食べた。餅米粉に砂糖を加え鉄板で焼いた煎餅様の軽焼もよく売れている。

軽焼も子供駄菓子の店卸　　『鶯宿梅』（享保15年）

駄菓子（Ⅱ）

秋風や口を塞げし捩りん棒　　石田　波郷

「会津二本松郷土菓子」と前書きのある句。ねじりん棒はおこしの一種。米、粟（あわ）、麦などの穀類を加工した材料を砂糖や飴などで和して固めたものがおこし。歴史は古く、遣唐使の持ち帰った唐菓子に由来する。

おこしは江戸初期、大阪道頓堀の津の国屋清兵衛が売り出した岩おこしが有名。粟を蒸して乾かしたものに黒糖を加え、粟の岩おこしと名づけ、二センチ巾の十二センチ長のものを四文で売り、評判となった。

山車囃（だしばやし）甘々棒は飛騨の菓子　　上村（うえむら）占魚（せんぎょ）

駄菓子の代表でもあるおこしは全国どこにも見られるが、東北と並んで飛騨高山の駄菓子も知られている。〝甘々棒（かんかんぼう）〟はきな粉に黒糖水飴を加えて細く棒状に煉り固め、カンカンと音のするほど固いのが特色。

秋風よ菓子をくれたる飛騨の子よ　　野見山（のみやま）朱鳥（あすか）

冬

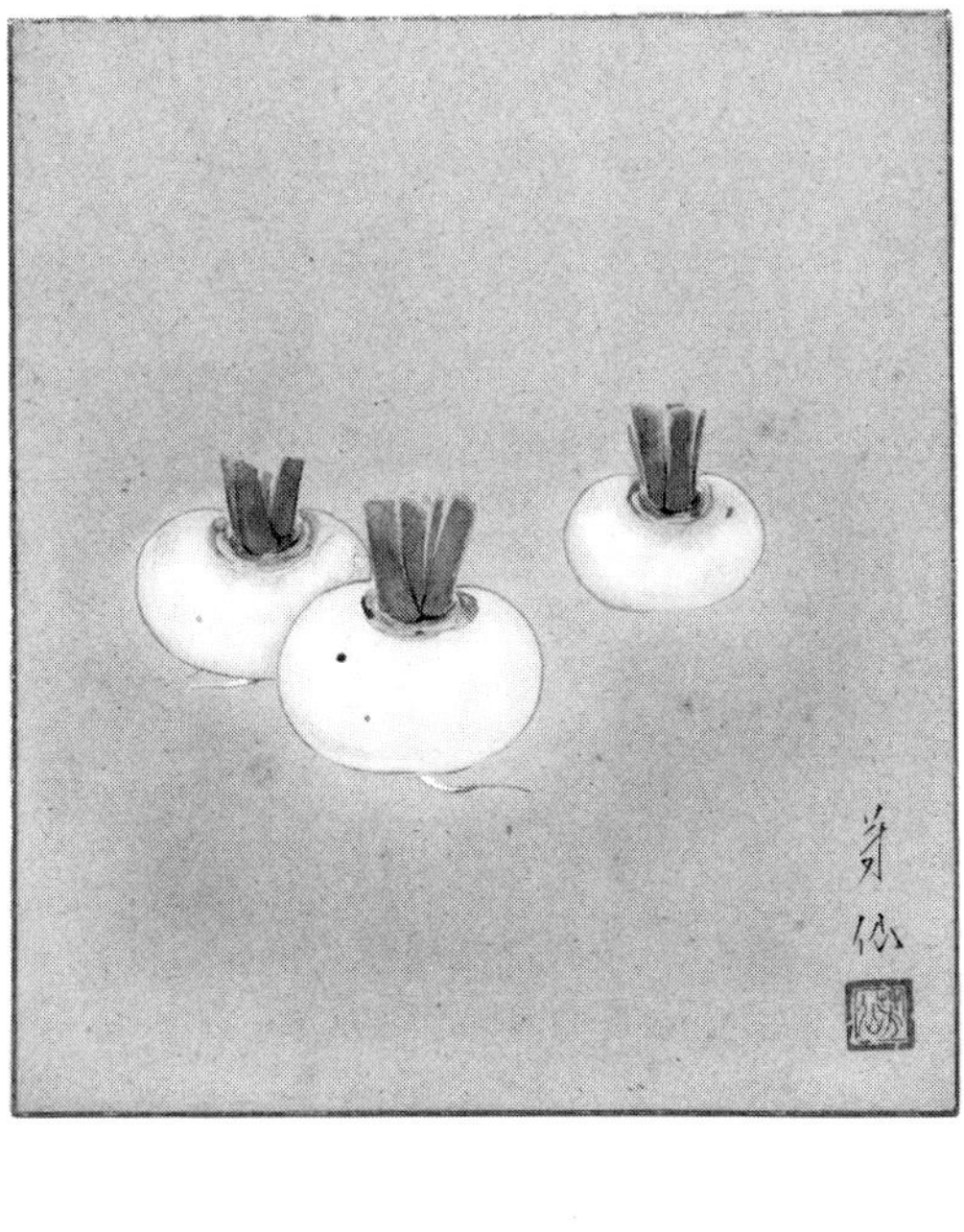

炉開き

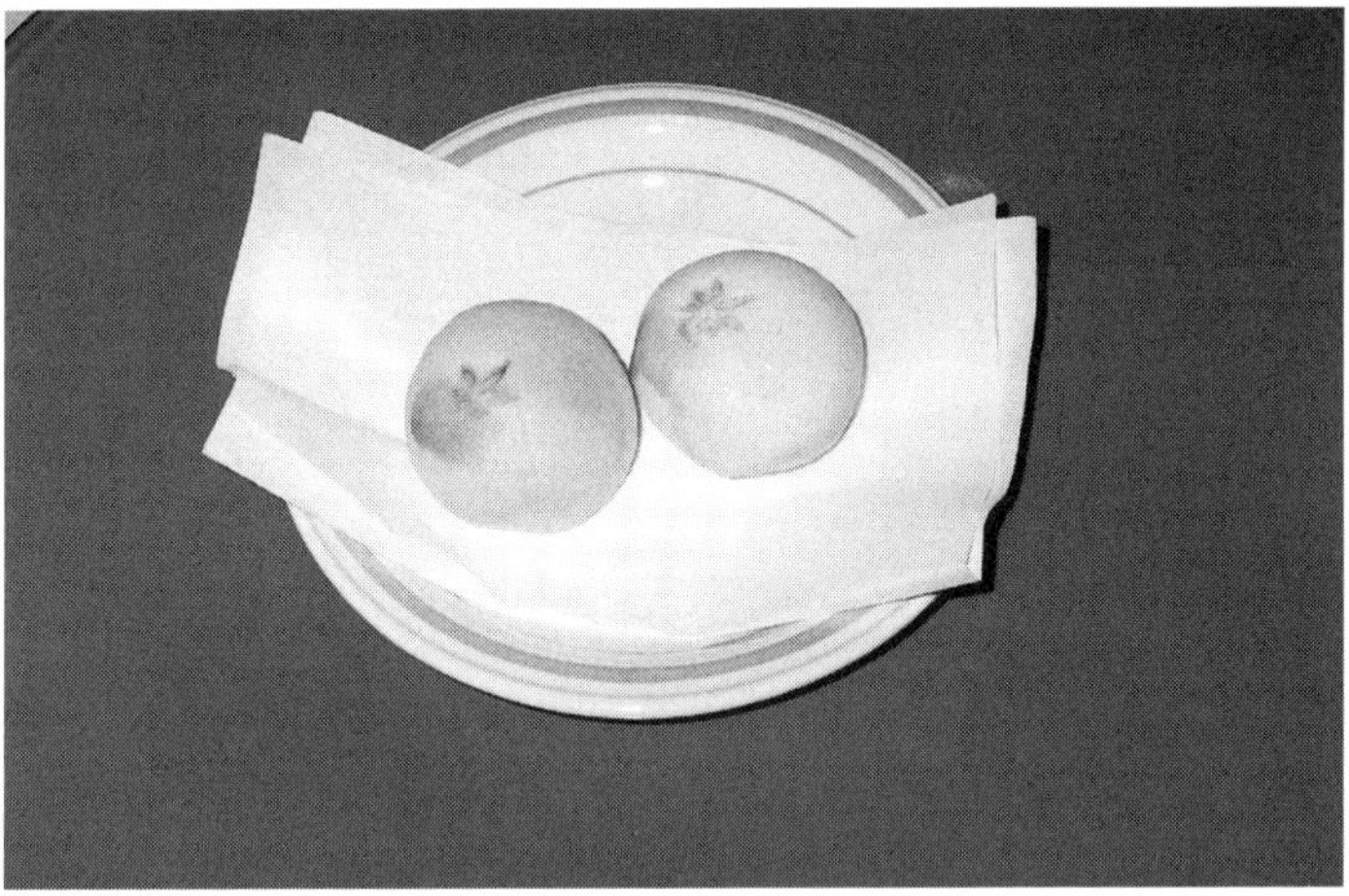

炉開きや紅はく扇子帯にさす　高久　あつ子

今日、都会で「炉開き」といえばまず茶道の開炉を意味する。農家の囲炉裏開きも同じころだが、昔は旧暦十月の亥の日と決まっていた。現在では何かの催しによせて行うことが多く、いつからと決まっていない。利休の「柚の色づくを見て囲炉裏に」の言葉の通りその年の寒暖に従えばよいのだろう。

炉開きには〝織部〟と名のつくものを一品使うのがしきたりのようだ。織部焼の緑色が冬景色の中でひときわ好ましく感じられるのかも知れない。織部饅頭は普通の小麦粉のものでもよいが一般には薯預饅頭式のものが多い。硬くなるのも遅いし、何よりもつくね芋の風味が合う。中の餡はこし餡が多く、包み皮の一部を緑色に染めて、織部焼の緑色の釉を感じさせるだけの饅頭だが、素朴ながら飽きのこない菓子の一つである。

織部饅頭炉開きに児も膝正し　博二

亥の子餅

擂鉢におろし大根や亥の子餅　龍城

亥の子餅は旧暦十月の亥の日に食べる餅のことで、万病を除き、猪の多産にあやかって子孫繁昌をねがうもの。また亥の子の神は田の神でもあり、この月に田から家へ帰って来るので、それを迎えるためでもあった。餅を搗かない場合は牡丹餅にする例が多い。

亥の子は収穫祭の意味を持ち、古く応神天皇の記録にもある。以後、朝廷では大豆、あずき、ささげ、栗、柿、胡麻、糖の七種の餅を搗き、猪子形とするのを例としていた。民間でも平安中期より盛んに行われ、普通の丸餅が多かったようである。後には、この日に炉を開けば火難を免れるとしたので、茶道では現在でも炉開きの日となっている。

菓子としての亥の子餅は牡丹餅、またはぎゅうひなどの餅饅頭を、猪子形にするのが通例。

甘藷餅を搗いて亥の子を祀りけり　寺村　甘藷男

千歳飴

松風や長き袋の千歳飴　　渡辺　白泉（はくせん）

飴は上古からあったが大量に生産されるようになるのは江戸時代初期以降。街中に飴売が出現するのも元禄頃で、浅草の七兵衛が飴の袋に千歳飴と書いて評判になったという。

子供の成長を祝う習俗として、髪置、袴着、帯解などの行事も江戸時代からあったが、七五三として広く行われるようになるのは明治以後のこと。

七五三の飴も袂もひきずりぬ　　原田（はらだ）　種茅（たねじ）

千歳飴は水飴を練って固くし、これを引き合って気泡を含ませた白飴。紅白にした棒状の長い飴は甘味に飢えていた時代の子供にとって羨望の的でもあった。千歳飴も神田明神前の大国屋などで売られて有名になっていたので七五三の引出物に好適だったのだろう。

幼子のもてば地にふれ千歳飴　　山口　千種

おやき

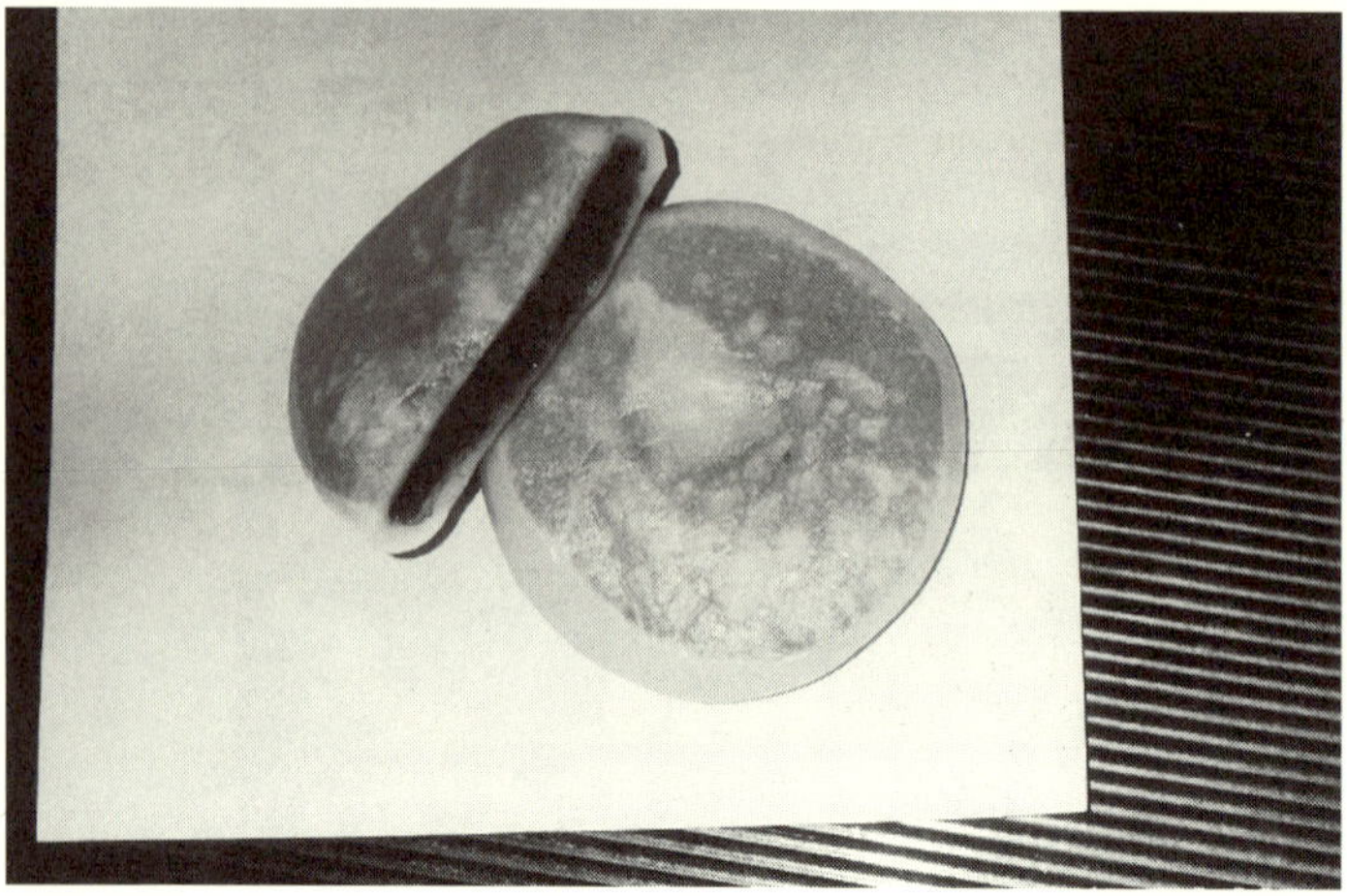

いろりから茶の子堀出す夜寒哉　　小林　一茶

信越地方で茶の子といえば団子・焼餅が多い。焼餅といっても餅ではなくいわゆる〝おやき〟である。

麦・黍・粟・稗の雑穀や屑米を粉に挽き、水や湯で捏ねて焼いたり蒸したりしてつくる。例えばほうろくで上下を焦目がつく程度に乾かし、いろりの灰に入れときどき廻しながら焼く。「灰（へえ）ころばし」とか、「ほど焼き」などといわれるものだが、灰の中ならばこんがりと焼き上がる。中に餡を入れても入れなくてもよい。冒頭の一茶の句は夜なべがてらの食事で、テレビを見ながら茶を飲んでいるのとは少々違っている。

茶の子の本来の意味は茶菓子・茶うけだが、後には間食や簡単な食事となった。一茶は当時五十才を過ぎての初婚、若い妻には労働を負担することが多かった。

小夜砧妹が茶の子の大きさよ　　小林　一茶

きんとん

冬青む色に染まりて茶きんとん　　博二

きんとんは料理のことと思っている人が多いだろうが、室町頃からある菓子の一つ。清の『隨園食単』（十八世紀）には杭州の金団（こがね団子）として紹介されているが、団は当時トンと発音されていた。澱粉で作った皮に餡を包み、馬蹄形に彫った木型に入れて作ったもの。

きんとんと最中の月に砧巻　　『柳樽』84

江戸中期では餅粉をこねた皮に白砂糖を包んで茹で、きな粉やごまをつけていた。後に餡を包んだ団子をもう一度白餡で包み好評。大徳寺きんとんと名づけ、茶会でも使われた。更に幕末にはぎゅうひを芯にした餡玉に、裏漉しした餡そぼろをまぶしつけるようになる。このそぼろの部分のみが独立してきんとんとなり。料理に応用されていった。川柳は当時の菓子三種をあつめて詠んだもの。

きんとんや一茶好みの小布施栗　　博二

五平餅

胡桃味噌とろりと甘し五平餅　　豊原　蕗石

硬めに炊いた飯を擂粉木（すりこぎ）で潰し、細長い板に楕円形に塗りつけ炉火で焼き、味噌をつけて二度焼きする。味噌に胡桃や胡麻などを加えると更に美味。五平五合などと一人で五合も食べてしまうとか。長野や岐阜県の山間部の郷土食だったが、広い範囲で食べられている。

五平餅むかしの声で唄ひけり　　唐木　和枝

五平餅は日本武尊が東征のとき、幣束の形にして神に供えたものを里人に分け与えたのが起源といわれる。餅などを串に刺したり挟んだりして神に供えた風習があるので、五平は御幣の意味であろう。寒い季節に炉辺の焼き立てが最高。

すぐそこの駅まで遠し五平餅　　一條　友子

蒸饅頭

蒸饅頭湯気吹きさらふ軒の風　松下　而塘

最近では蒸饅頭なども季語として認められてきた。饅頭といっても、これは蒸したてのあつあつの品をさすのはいうまでもない。酒饅頭や中華饅頭などに多いが、観光地などでは、一般の饅頭も店頭で湯気を上げながら売っているのをよく見かける。

饅頭の起源については、俗に諸葛孔明が南蛮征伐の帰り、人身御供の代わりに羊と豚の肉を刻んだものを麺麭に包み、その上に人頭を描いて南蛮の神を祀ったことに始まるというが饅頭に類するものはそれ以前からあった。ただそれらは、シュウマイや餃子のような物で、ふっくらとした饅頭になるのは後世、宋の時代あたりからである。現在では饅頭の餡も多様化し、赤飯を餡の代わりとした赤飯饅頭なども売られる時代となった。

蒸饅頭浪曲なれど母恋ふ声　中村　草田男

今川焼・鯛焼

今川焼恩は返せぬものとこそ　永井　東門居

今川焼は天明の頃、神田今川橋近くで売出されたので名があるが、明治以降は巴の金型が一般に使用されたので太鼓焼ともいい、大石内蔵助の討入りの陣太鼓に似ているとして、泉岳寺前で義士焼と名づけて売られたが、餡の量なども多く評判となった。現在は巴型は少なく無地丸型が一般となっている。

鯛焼を人には告げず好みけり　富安　風生

鯛焼も今川焼と同じく焼きながら売るのが身上だから、皮種には殆んど砂糖など入れなかった。最近ではある程度砂糖や鶏卵などを入れるので、冷めても軟らかいが、以前の素朴な味が変化したといえる。また鯛焼の道具も簡易化したものを使っているところでは味も今川焼とあまり差がなくなった。

前へ進む眼して鯛焼き三尾並ぶ　中村　草田男

クリスマス

八人の子供むつまじクリスマス　　正岡　子規

子規の句、明治二十八年のもの。クリスマスも日本の行事になって久しい。クリスマスといえばデコレーションケーキをすぐ思い出す。

明治には微々たる存在であった日本の洋菓子が成長したのは、大正、昭和を通じて、カフェーや喫茶店が続々と開店し、コーヒーと洋菓子に対する需要が増加したことが一因といわれている。クリスマスパーティといえば戦後だが、戦前にもカフェーなどでのクリスマス騒ぎもあったらしい。

漬物と聖菓とならべ日本の夜　　田川　飛旅子

俳句でクリスマスケーキを聖菓とよぶのは、聖夜、聖歌、聖樹などと同じで、戦後だろう。三文字と短くて使いよいせいか、俳句の作例も多くみられる。

聖果切るナイフ子の無き曇りかな　　中条　角次郎

善哉餅

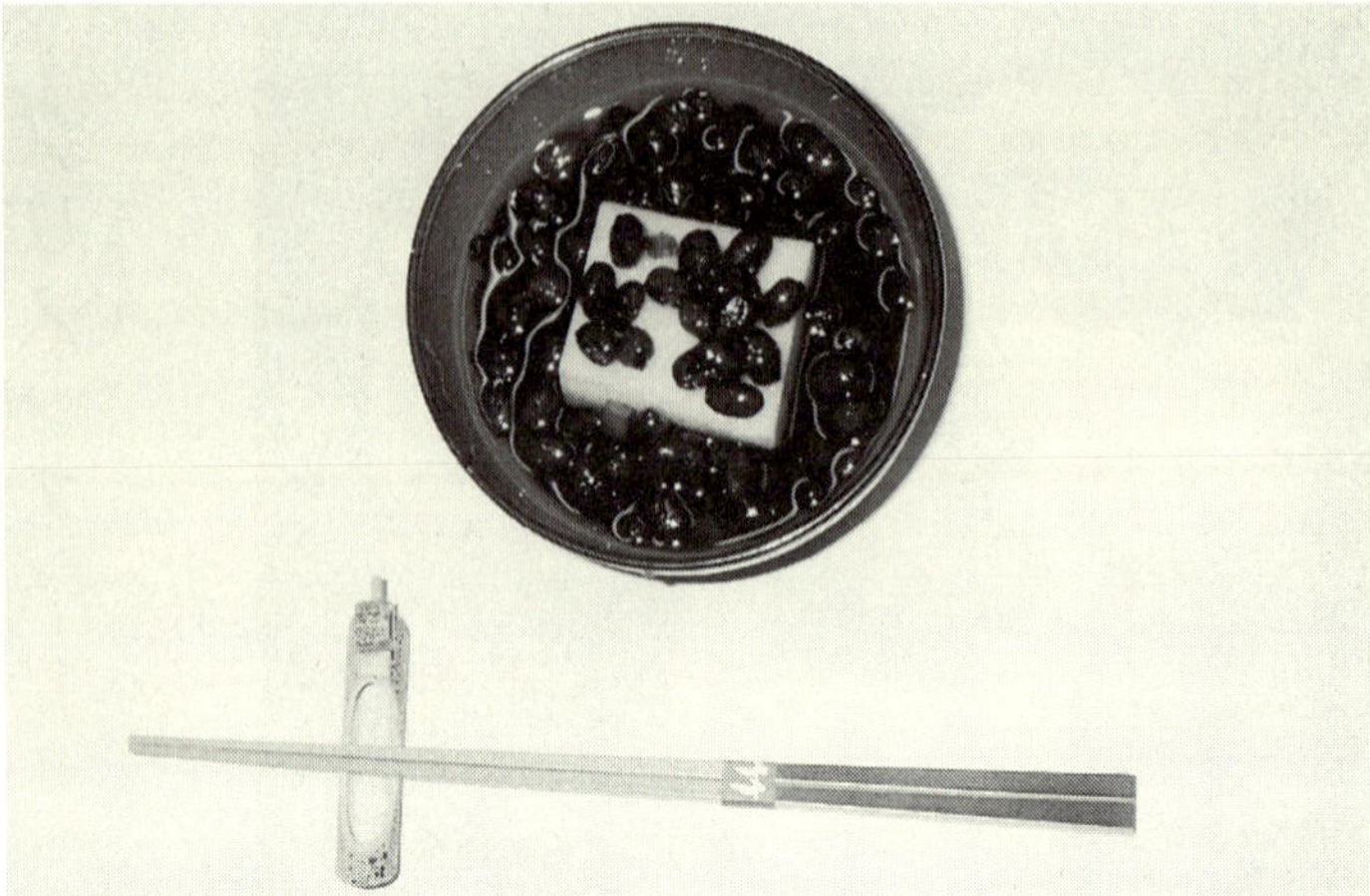

よきかなや影もぜんざいもち月夜　『鷹筑波』Ⅱ

『鷹筑波』は江戸初期の俳諧の選集。このあとには「あまきりて降来る雪や白砂糖」という句もあるから、京都では三代将軍家光の時代に、甘いぜんざいが食べられていたらしい。また厄年の者が冬至の日にぜんざいを振舞うと、厄難をまぬがれるという風習もあったという。

かたまりし善哉餅や御影講（みえいこう）　三宅　嘯山（しょうざん）

ぜんざいそのものは室町時代からあり、善哉餅を肴にして酒を飲んだ例も見られる。当時のことはよく分からないが、江戸では現在と同じく、あずきのつぶし餡の汁粉に丸餅を入れて食べていた。

これに対してしるこは江戸のもので、初めからこし餡のしるこに四角く切った餅を焼いて使っている。しるこやぜんざいを取り上げている歳時記は少ないが冬の季感はある。

帰省子の酒より汁粉好みけり　小川　あやめ

きよめ餅

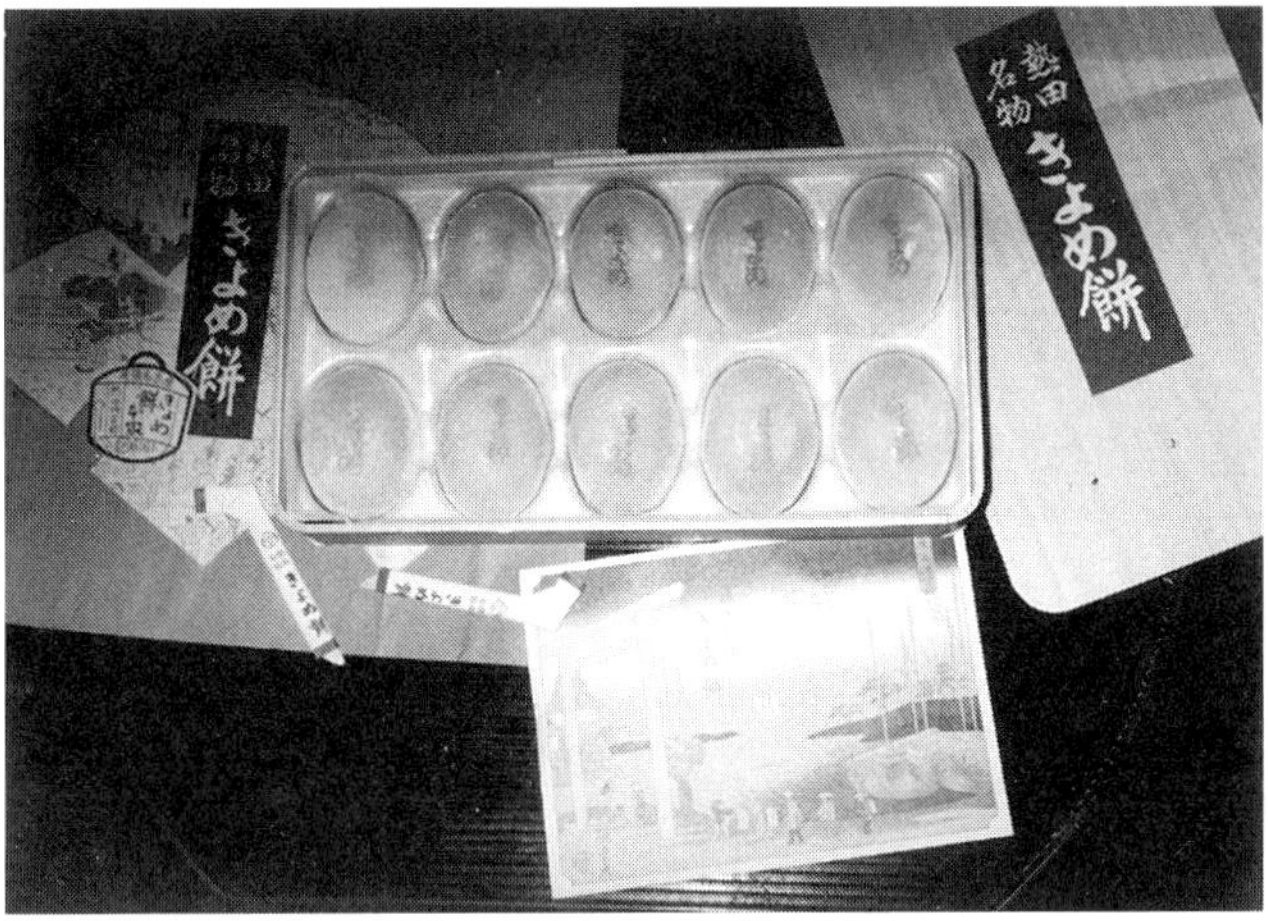

しのぶさへ枯(かれ)て餅かふやどり哉　　松尾　芭蕉

「野ざらし紀行」で名古屋の熱田神宮に参詣した折の句。当時の神宮はよもぎやしのぶ草が茂るなど荒廃していたが、芭蕉には趣き深く感じられたらしい。しのぶ草さえ枯れて昔をしのぶよすがもないが、茶店で餅を買うたのしみはあった。

芭蕉には食に関する俳句が多く、餅だけでも十指に余る。「くれくれて餅を木魂のわびね哉」は芭蕉三十八才（一六八一年）の作だが、この時期は餅の技術革新の時代でもあった。食生活の向上、餅への需要増加に応じて、それまでの兎の餅搗のようなタテ杵が現在使われているヨコ杵へと変化していくのである。

現代の熱田神宮ではきよめ餅がいい。小豆のこし餡を包んだ餅を卵形にして、平たくしたもの。「きよめ餅」との焼印も雅味がある。

小春日や熱田の宮のきよめ餅　　博二

Ⅱ 地域文化としてのお菓子

京菓子雑話

花に来て侘よ嵯峨野の草の餅　　高井几董（きとう）

京都に都が置かれてから千二百年になるそうだ。東京へ首都が移ってからはまだ一世紀に過ぎない。やはり日本の文化は京都を抜きにしては語れないということだろう。菓子にしても同じで、長い間、京都を中心に発展をとげてきた。

京都の菓子は見た目に美しく洗練されており、すぐれた風趣を持っているものが多い。一般に京菓子というが、主に江戸から呼んだ名で、地元では上（じょう）菓子といわれている。上（じょう）は献上の略で上等の意ではない。上菓子に対するものは雑（ぞう）菓子で、関東では駄菓子といった。雑菓子は白砂糖を使用していない菓子のことだから、いわば庶民の菓子。白砂糖は上菓子のみが使用でき、上菓子屋の数もきびしく制限されていた。

春菓一台飾るウインドの日の厚み　　菅原遊子路

雑菓子はまた、蒸菓子、干菓子などと共に菓子の分類にも使われることがある。干菓子に対するものは生菓子だが、生菓子も上生菓子、中生菓子、並生菓子に分けられる。上生菓子を略して上生には、ねりきり、ぎうひ（関西ではこなし、ういろう）きんとん、羊羹などが多く、視覚的にもすぐれていなければならない。中生は、かのこ、上用饅頭、きみしぐれ、餡入り蒸しカステラのような主として食べ口のよさを目的としたもので、並生は大福餅やだんごなどで代表される一般の生菓子をさす。並生と同様に朝生という名称もあるが、これは朝に製造してその日の内に売りきってしまうもの。翌日になると変質しないまでも硬くなって味が下がる、いわば賞味期限当日限りの菓子である。

仏壇に夜は葉をひらく柏餅　　高橋　流石

以前、街の菓子屋の大半は朝生中心であった。夕方になって店のショーケースがからになるのを喜んだものである。しかし多くの品種を朝に作らなければならないとすれば、毎日四時起きでも間に合わない。朝生の数を減らさなければ労働はきびしくなるばかりだが売れ行きのよいのも朝生だからむずかしい。幸い、上生と中生は数日間は保存が可能なところから、朝生の一部を中生に変えることがある。例えばうぐいす餅の皮に砂糖を加えることにより日持ちがよくなる。また饅頭をビニールで包むと二、三日は柔らかい。毎日作るのと比べ、三日分をまとめて作ればそれだけ楽になるからだ。

当然のことだが、菓子の配合を変えれば、それは別の菓子になってしまう。どこまで許容しうるか製造する側の技術と識見にかかっているといってよい。かしわ餅、桜もち、おはぎ、葛ざくら、豆大福等々、朝生に属する菓子は多いが、きちんと作ろうとすればコストにはねかえって、並生のはずが中生の値段にならざるを得ない。しかし京菓子の店には朝生のみの老舗も数多く見られる。北野天神の粟餅屋をはじめ、下鴨のみたらし団子、今宮神社のあぶり餅、上賀茂神馬堂のやき餅に、ちまきの川端道喜がその一例だ。これらの店はそれぞれ有名な菓子を一品だけ作って、長い間営業を続けてきた。朝生的な菓子であっても単品生産であれば生産性は高い。それに保存性の悪い商品であるため、観光土産ではなく、地元への依存度が大きいことも興味をひく。

焼き餅の店閑として加茂祭　あぶり餅祇園囃子もここまでは

岩満　重孝

京菓子には公家や上級武士を対象にしたもの、神社仏閣に供えるもの、茶道菓子、観光土産、一般庶民の菓子などが含まれ、平安時代そのままの菓子から巧緻を極めた工芸菓子まで一体となった京菓子の魅力となっている。歴史的には江戸初期以降に京菓子の華麗な発展があり、それ以前は和菓子技術の基本的な積み重ねの時代であったといってよい。芭蕉生誕のころに上梓された『毛吹草（けふきぐさ）』の中の京都の名物の一部をあげると、

「冷泉通りの南蛮菓子、ミズカラ、六条の煎餅、七条の編笠団子、油小路の饅頭、八幡の桂飴、北野の粟餅、愛宕の粽、みたらし団子、田中鮓餅、山科の大仏餅、東福寺門前の地黄煎（じおうせん）、稲荷の染団子。」

右のように、南蛮菓子、餅菓子、団子、飴、饅頭、煎餅などが主であった。ミズカラは昆布菓子で、地黄煎とは地黄を入れた飴。

当時よく読まれた『料理物語』（一六四三）という料理書には十四種類の菓子の製法が記されているが、その内十一種類は餅菓子である。餅菓子といっても米粉や澱粉の類を捏ねて蒸して作るものだが饅頭とくらべ技術的にも容易であることが普及した理由であろう。五十年後の『男重宝記』（一六九三）という本にある菓子は二百四十一種を数え、その大半も餅菓子類である。天下泰平となったこの時期に菓子の需要が急激にのびたが、内容的には餅菓子が多かった。餅搗きの杵が、タテ杵からヨコ杵に変るという技術革新が行われたのもこの頃で、芭蕉の餅の句にも当時がうかがえる。

熱田に詣

しのぶさへ枯て餅かふやどり哉　　松尾 芭蕉

煩（わずら）へば餅をも喰はず桃の花

前記の老舗に関していえば、みたらし団子やあぶり餅は神に供えたもので、粟餅とやき餅は神社に参詣する者が休む茶店で売っており、道喜は餅の専門店として古くから禁裏御用を勤めていた。神馬堂は明治初めの創業というから新しいが、小ぶりの焼大福のようなやき餅は古い茶店に似つかわしい。以前は黒糖だったというから、まさに雑菓子である。この種の餅菓子に塩瀬饅頭を代表とする饅頭に蒸羊羹、更に飴や煎餅などの干菓子類を加えたものが、当時の京都で売られていた。

広重や北斎の画にある白須賀の柏餅は『東海道名所記』（一六六〇）にあるが、江戸でも十八世紀には柏餅が端午の節句の景物となっている。川柳では最初からとり上げられているが、古俳諧には例句が少ない。次の句はその中の一つ。芭蕉作というのには多少疑問もあるということだが、芭蕉も東海道のみちすがら、白須賀の柏餅の前を何回も往復しているので、柏餅を食べたことは疑いない。

旅じや喰へ都は目だつ柏もち　　松尾芭蕉

大和細見

遠ちこちに塔見え大和柿日和　　堤　剣城

大和で甘い物といえばまず柿だろう。子規の「柿くへば鐘が鳴るなり法隆寺」の句以来、そのイメージが定着してしまった。事実、大和は古くから柿の産地として知られ、御所柿の原産地でもある。

随身の日に隣ありつるし柿　　水間　沾徳（せんとく）

吊柿家々山を屏風かな　　芹雨

奈良盆地では甘柿だが、県南の山地では渋柿が多い。特に西吉野の五条市から入ると山里は吊し柿一色である。軟かく干すのが特徴で、古来「味は大和の吊し柿」とうまい物の例にされてきた。沾徳は其角に似た談林風の知的で都会的な俳諧であったが、大高源吾（俳号子葉）をはじめ他の赤穂浪士の師でもあった。

草紅葉駄菓子を食うて憩ひけり　　野村　泊月

春日野や駄菓子に交る鹿の屎（くそ）　　小林　一茶

前句は明日香の安居院での作。飛鳥大仏をとりまく辺り、まだこの様な感じもあろう。鹿の屎は一茶一流の諧謔だが、まさか本当ではあるまい。黒飴でも見立てたものか。いずれにせよ奈良に鹿はつきもの。鹿に餌をやることになろうが、鹿せんべいは米ぬかやふすまが主原料。やはり人間さまの食べ物を好むようだ。

キャラメルをよく喰ふ鹿や三笠山　　つよし

昭和初期の句、当時のキャラメルは高価だったから鹿も喜んだに違いない。いずれにせよ奈良見物をすれば何度かは茶店で休むことになる。奈良の茶店では蕨餅がいい。関東でもかなり見かけるようになったがやはり旅先でのものは格別。蕨の根から採った澱粉を主な原料としたもので、葛餅の硬さや酸味がなく、淡白で腰の強い食べ口は特有のもの。春の季語ではあるが冬以外ならいつでもよい。

かたはらに鹿の来てゐるわらび餅　　日野　草城

大仏の時なし鐘や蕨餅　　鈴鹿 野風呂

以前は東大寺でも鐘が自由に撞けたのだろう。また境内も広いので休むところにことかかない。次も大仏の鐘楼での句。

鯛や力餅食ふ鐘の下　　里見 禾水（かすい）

力餅はあんころ餅風のものか。蕨餅や力餅にして茶店でも出されるものは生ま物だけに、形崩れや変質など土産物にするにはやや難もある。奈良では大仏に因んだものがよく売られているが、大仏餅もその一つ。こし餡を包んだぎゅうひ餅の上に大仏餅と焼印を押しただけのものである。本来は京都の名物で誓願寺前の店が有名で一五八五年からといい、同じく方広寺門前の店も古かった。『都名所図会』の挿絵によると「大仏御餅所」の看板と横に「新制餅まんじゅう」と木の看板が吊してあり、繁昌している様子が見える。小豆のこし餡を包んだ白餅を楕円形にして大の字の焼印を押したものだが江戸・大阪・奈良でも倣って売られた。現在は京都の二軒共ない。

奈良長閑大仏餅を買うても見　　近藤 いぬゐ

漢和辞典をひけば分かることだが、菓子の字の菓はクダモノやコノミを意味するもので、現在の菓子とはやや感じが異なっている。日本の菓子が木の実や果物、餅や焼米などの農産物そのものから発展するのは、遣隋使や遣唐使によって中国の菓子技術がもたらされたことによる。その中には現在でも何らかの形で残っているものも少なくない。春日大社に伝わる餢飳(ぶと)もその一つで、現在も節日などには供物として神職により作られる。製法は簡単で団子や柏餅の皮だけを餃子のような形にして油で揚げただけのものだが、ブトは兜でもあり菓子の中の最高を意味するという。最近餢飳饅頭として売られているが、餃子状の餡ドーナツと思えばよく、販売も軌道にのったようである。

饅頭割るや首と疲るる十月雲　　諸角せつ子

近鉄奈良駅のすぐ西南、漢国神社の横に「饅頭の祖神、林神社」の石碑が立っている。饅頭の製法が日本に伝わったのは、京都建仁寺の住職竜山禅寺が元より帰国する際に同行した林浄因が奈良に住み、饅頭を日本風に改良してはじめて奈良饅頭として売りだしたのが(一三四一年)この地であるそうだ。ちなみに林浄因の子孫が塩瀬饅頭として今日に至っている。現在奈良で売られているものはオーブンで焼かれたものらしく、昔とは異なっているが「まんじゅうの始祖」と書かれているのがご愛敬というべきか。

青丹よし奈良のみやこの花あしび　　巨江

奈良で作られている菓子で知られているものといえばやはり青丹よしだろう。名産の葛粉に寒梅粉と砂糖を加えて押し固めた干菓子。始め白色の「真砂糖」と称していたが、享和年間、法隆寺中宮の有栖川宮に淡青と淡紅の二色として献上して以来、青丹よしの菓銘となったといわれる。奈良県では特に県南の吉野地方をはじめ葛菓子が多いが、保存性がよいので土産物に好適。それぞれ趣向をこらしているが、型がきれいに出て、口溶けのよいのが何よりである。

葛菓子や関屋桜に店あけて　松瀬　青々

白南風や葛の干菓子のとりどりに　佐々木　さち

奈良は自然のまだ残されているためか、草餅のよい品が多い。どこでもそうだが、手作りの小さな店の方が野趣があって面白い。

門前の昔ながらの草餅屋　桑田　青虎

泊瀬びとが岨に摘みけむ蓬餅　水原　秋櫻子

二句とも長谷寺の句。門前に数軒の草餅屋が並んでいて、道からも作っている様子がのぞける。焼餅とそのままの草餅の二種類だけだが餡も淡白でよい。菓子屋仲間の旅行で立ち寄った際、試食をして全員が認めたのだからまず大丈夫だろう。

姫餅をつまみよばれぬ練供養　早船　白洗

練供養は五月十四日に当麻寺で行われる中将姫の修忌。近くに四月末からこの時期にかけて、姫餅という名の蓬餅をつくる店が一軒だけあるとか。新しい蓬を摘んで餅を搗き、花型に形を整えたものだそうである。同じ様な蓬餅を中将餅と名づけて一年中作っている店もあるそうだが、姫餅の味には及ばないという。葛城の山懐は何かいわれぬ魅力のある所らしい。

草餅や大耳白鳳薬師仏　　水原 秋櫻子

こうれんと塩釜

塩　釜　や　晩　夏　の　帽　を　脇　ば　さ　む　　　　岩田　昌寿

この塩釜は勿論地名だろう。しかし広辞苑には「みじん粉に砂糖と水とを和し、これを篩（ふるい）にかけ、押枠でかためた菓子。塩竈神社付近で製して売り始めたもの」とも書かれている。餡を包んで丸めた餅を大福というように、塩釜は或る種の落雁の代名詞だ。地名がそのまま菓子の種類を表しているのは珍しく、あべかわ位しか思い出せない。広辞苑の記述を少し補足すると、水分を或る程度含ませた砂糖にみじん粉を加えてよく揉みまぜ、やや餅状になったものを篩を通してバラバラにし、紫蘇の粉末などを加え、押枠に入れて軽く押す。落雁では口溶けが悪くなるのを防ぐため、みじん粉が餅状になるのを警戒するのだが、逆に塩釜では粘りを出して食べごたえがあるようにしている。塩釜も他の落雁同様、保存に耐えるが、乾燥しすぎると特有のモチモチした感じがなくなるので、早めに食べた方がよい。

鳥雲に北国人と噛む干菓子　　細見綾子

塩釜も昔は糒（ほしいい）の粉に和三盆糖を加えたというが、それでは高級すぎるので一般には飴などを使って売られていたのだろう。ただ幕末の菓子製法書『菓子話船橋』（一八四一年）には、砂糖百匁、みじん粉六十匁、塩二匁とあるから配合そのものは現在とあまり変わらない。また他の落雁よりも水分を多めにとあるのも塩釜の特長を示している。紫蘇の粉末を加えるようになったのは比較的新しく明治大正以降のことだ。最近は小型の餡入り塩釜も多いが、これは兵庫県の赤穂名物の塩味饅頭などが古く、幕末期からのもの。京都の玉寿軒の紫野は餡の代わりに大徳寺納豆が一粒入っている小さな落雁だが、禅味があってよい。

秋の街某日麦粉菓子香る　　森博芳

塩釜から松島へは船で僅か。松島へ行きたいと思ったのは榎本利孝氏の「こうれんと夢道」（「道標」三〇三）を読んでからである。現在では松島も日帰り圏。「こうれんは松島一よ茶前酒後」（夢道）といわれれば行ってみなければならない。本や写真で知っていてもやはり百聞は一見に如かずである。

松島は当然のように観光客が多かった。九月初めでは東北も暑い。海を前にして観瀾亭で抹茶を頂く。菓子は麦落雁だったが香りがつよかった。お茶の作法など知らないが、喫茶店と違って静かだし、何よりも頭がカラッポになる。

秋すだれこうれんの店人見えず
草の花鉢に抜け路地こうれん焼く　　博二

瑞厳寺のあたり、大きな土産物屋ばかりだが、「こうれん有ります」と書いてある店が多かった。こうれんを造っている店はすぐ分かったが、ＪＲの松島海岸駅に近い裏通りで、商店街ではなかった。飾りのない木造の二階家で間口は三間足らず。卸や注文による売上が多いとみえ、こうれん専門の店の内外には草花の鉢が並べられていたが店員の影もない。夢道の色紙はどこにも見えなかったが、大事にしまいこまれていたのだろう。奥の作業場は広いようである。松島こうれんは十センチと四センチもあろうか、長方形のごく薄い白焼の煎餅で、口の中で溶けるほど軽く焼き上げられている。淡い塩味と甘みだけだから病人にもよい。これだけ軽い薄焼き煎餅は技術的にも難しいものがあろう。ササニシキが原料とあるが、餅米に近い感じを受けた。創業一三二七年はともかく、古い歴史をもち、製法は一子相伝というのも大げさだが、こうれん一品だけでこれだけの店を永年維持してきたのにはそれだけの苦労があったはずである。商売柄、夢道もその辺のところは感じていたかもしれない。事実、名物の少ない松島にとっては個性のある商品といえよう。

夢道忌近むこうれんさくと味淡き　　博二

仙台では有名な菓子が目白押しだが、まず白松ガモナカだろう。一九三二年創業というが最中の売上げでは全国屈指、胡麻餡の評判がよい。玉沢の九重も戦前は全国的にもかなり売られていた。九重は一種の香煎。餅を小さく切り、柚子の入った砂糖をまぶして丸めたもの。器に入れ、熱湯または冷水をそそげば芯のあられが浮き上がり、甘い飲物ができる。現在ではお目出たの席などに桜湯が出されることが多いが、以前は九重が使われていた。もっとも九重が創製されたのも今世紀の初めである。香煎とは米や麦を炒ってこがし白湯や砂糖水に入れ、香味をたのしむもの。京都では今日でも赤穂浪士・原総右衛門の子孫という原了郭が有名。江戸は下谷池の端の香煎が人気で、大唐米のこがしに、陳皮(ちんぴ)・茴香(ういきょう)などの香料を加え、白湯で呑んでいた。次の柳句、勾践と香煎の洒落。

江戸を一ト目に香煎を呑む　『武玉川』16

越王を呑みに上野の茶屋へより　『柳樽』39

仙台を代表する菓子といえば仙台駄菓子になってしまった。駄菓子そのものは全国どこにでもあり、大人にとっても必要なものであった。戦後しばらくしてガムやチョコレート類が氾濫するまで駄菓子はその価値が認められていたのである。明治以降でさえ砂糖をはじめとする菓子原材料の輸入の増加は、江戸時代に食べられていた菓子を大きく変えている。例えば青ざしなど季題でありながら現在ではよく分からない菓子になってしまった。その点で仙台に石橋屋があったことは幸いである。石橋屋は明治十二年創業だが、特に二代目の石橋幸作は全国を歩き、駄菓子に関する技術を集め、仙台駄菓子という形にまとめ上げ、百種類以上の駄菓子を造っているという。東北地方に特に駄菓子が多かったということではなく、戦前、比較的生活水準の低かった地方だけに古くからの駄菓子が残っていたといえるかも知れない。現在では旅行ブームにのって各地で駄菓子が見直されているが、その意味で石橋屋の役割も評価されてよい。

地の菓子の味をりからのしぐれかな　　久保田　万太郎

千代女とあんころ

蟬の町あんころの町川ゆたか　　高島筍雄

松任（まっとう）という市がどこにあるかと聞かれて、すぐ答えられる人はそう多くはないだろう。加賀百万石で知られた金沢市から少し西に寄ったこの川は金沢平野の中央部に位置し、農業がさかんで、早場米の産地である。米と水の良質なところから酒造りも行われ、特に山廃仕込みをいち早くとり入れた天狗舞など銘酒として全国的にも評価が高い。そして俳諧では加賀の千代の生地でもある。しかし地方的にはあんころの町として知られているようだ。金沢出身の方にたずねても、松任あんころといい、千代女についてはノーコメントである。ついでに松任はマットーと強く発音している人が多い。

晴あがるあんころの町千代尼祭　　新田祐久

千代女は一七〇三年、松任の表具師福増屋六左衛門の子として生まれ、一七七五年に没した。

十二歳より俳諧を学び、十七歳の時、各務支考と会い、二十三歳にして伊勢の中川乙由を訪ね、支考没後は弟子の仙石盧元坊の指導を受けたとあるから、その句風もおよそ理解されよう。支考の美濃派、乙由の伊勢派は共に俗談平話を正すとの主張から平俗卑近な俳風を特色とし、機智やひねりを得意としていたので、後に蕪村を中心とする中興俳諧の立場から田舎蕉門などと軽んぜられるが、蕉風の大衆化、地方化には大いに功があったと見てよいであろう。金沢出身で中興期の俳壇で活躍した堀麦水や高桑闌更などもこの流派から出ているのであり、江戸の春秋庵白雄にしても師系は同じである。千代女の句が平易で通俗的なものが多いことも事実だが、それ故に名声を得たこともたしかであろう。後年剃髪して素園尼とも称し、浄土真宗を奉じた。また書画ともにすぐれ、生前に句集も上梓されている。晩年、白雄も来訪しているが、同郷の後輩、麦水の書に序を寄せたのはともかく、古今の女流俳句を集めた『玉藻集』に編者の蕪村から頼まれて序文を書くなど俳壇に大きな地位を占めた。朝鮮使節の来朝にあたり、幅六点、扇子十五本を用立てたこともその証左である。

麨にわすれてゐたる訛かな　　加藤楸邨

楸邨は金沢一中卒業後、家庭の事情で二年ほど松任小学校の代用教員を勤めている。松任へはＪＲで金沢より三駅目。地方の小都市なみに整った駅だが、コインロッカーは見当らない。駅前は区画整理でもされたか新しいビルに広い街路が通じ、古い町ならよくある自転車預り所も無かった。やむを得ず残暑の町中を旅の荷に加え、金沢で買い足した土産物を提げて歩く。

駅前通りをしばらく行くと直角に商店街が交叉し、千代尼通りと標識がある。この商店街にも古さが感じられないから松任は新しい街づくりの時期なのだろう。千代尼の遺跡はこの通りに面した聖興寺にある。

ふいごより雲に嵐の音す也　正友

あん餅を売るかつらぎの山　一朝

（談林十百韵(トウビャクイン)　一六七五）

日葡辞書（一六〇三）によると「アンモチ」の訳は、砂糖のようなものを入れた、あるいは入れない、粉にしたつぶの入った餅となっている。これは餡を中に入れた餅饅頭、すなわち大福餅のようなものが市中で売られていたことを示す。餡そのものが日本で作られるようになるのは饅頭渡来以後だから、室町ごろであろう。ぼた餅のように餡をまぶしたものも食べられていたはずだが、おおむね家庭用で、商品としては餅饅頭の方が取り扱い易い。餡を外側にした餅はまず街道の茶店などで売られ、市中では江戸もやや過ぎてから。

あんころの名は餡衣餅の略ともいうが、やはり餡ころばし餅の方が親しい。幕末に書かれた『守貞漫稿』によると「餡餅、いま世に二種あり（中略）餅を皮、餡を中に包むを本とするなるべし。今、江戸の俗はこれを餅菓子といい、外面を餡包みにするを餡餅という。二種ともに精粗種々無限也」と最後できめつけている。

餡餅の臼やはみゆる青簾　松瀬青々

松任のあんころは円八あんころが正しく、元文二年創業というから、それを信ずれば千代女三十代にあたる。妻子を遺して鞍馬山の天狗の弟子になった男が或る夜、妻の夢枕に立ち、この餅の製法を伝えたことの真偽はともかく、江戸時代からあったことは確からしい。例句から想像するところと異なり、円八一軒なので売店も少なく、町中を探して買う。竹皮包みの表には、一子相伝と書かれた天狗の羽団扇が画かれ、包みをひらくと平たく作られた小さなあんころが六個ほど入っている。以前は丸形だったが、竹皮でつぶれてしまうので、いっそのこと平らにしたそうだ。その日限りの菓子であり、翌日になると味が落ちる。当然のことながらこの種の手作りの特色を残した餅菓子はうまい。中の餅もよいが、餡の淡白な味がすぐれている。金沢で見かけた土産用のあんころなどとは全く違う。全国的に見ても指折りの餡餅であることは間違いない。

あんころの竹皮包み秋暑し　博二

千代尼忌は旧暦の九月八日だが、今日では新暦で行われている。聖興寺は東本願寺系の古く大きな寺で、句仏上人も智子裏方ともども訪れた。境内の一隅に「月も見て我はこの世をかくし哉」の句を彫った千代尼塚、木像を安置した堂や茶屋があり、別に遺品等も展示されている。千代尼の墓は他にもあるが、この塚が建立されたのは尼の二十五回忌であることからも、聖興寺との因縁は深かったものと思われる。またこの寺の梵鐘は棟方志功のデザインになり一見の価値があろう。門前にあった松任では数少ない新しい構えの蕎麦屋に入って聞いてみた所、千代尼忌など知らないという答であった。寺の説明によると、愛好者が集って千代尼の句を読み、句を手向け、茶事を催すなど内輪にしているようだが、たしかにそれは俳諧の本意にかなうことには違いない。ついでに天狗舞の蔵元の場所もたずねたが主人も知らなかった。地元のよい酒を売るより量販の安い酒を扱う方が利益があるのかも知れない。いずれにせよビールの中瓶が六百円だったから地方としてはいい値段である。

早稲の駅千代尼ゆかりの菓子ならべ　　博二

鹿児島の菓子

両棒餅(じゃんぼ)食ぶ茶店の前の春田かな　　黒木　ミツエ

鹿児島には珍しい菓子が多いが、両棒餅もその一つ。直径3～4センチの平らな丸い餅に二本の串をさし、両面を火で焼いて、醤油、味噌、砂糖で作ったタレをつけたもの。餅といってもシンコ製のようだから焼だんごと思えばよいが、タレの具合がよい。じゃんぼとは両棒(リャン)の中国語が訛ったもので、市内にもあるが、磯庭園近くの茶店が有名である。磯庭園は島津藩主の別邸として一六六〇年頃完成した大庭園だが、後に島津斉彬は鉄、機械、大砲、ガラス、薬、陶器などを作るいろいろな工場を建設した。いわば日本のハイテク工場群のはしり。次の句、火山灰は「よな」と読む。鹿児島は錦江湾に面し、東洋のナポリとよばれているが、桜島の噴火による火山灰に悩みは尽きない。

薫風の床几(しょうぎ)火山灰(よな)降るじゃんぼ餅　　水原　秋櫻子

隣りの熊本では馬刺しなどの馬肉料理が知られているが、鹿児島にはサラブレッドの生産牧場がある。また隼人町の鹿児島神宮の初午祭は稲荷社のものと異なり、全国でも珍しい馬そのものの祭だ。多くの鈴をつけて美しく飾られた馬たちが、賑やかな囃子にのって踊りながら神社に参拝する。馬の後から、太鼓、三味線を持った男女の踊り子が続く。春の農耕の始まる前に、人馬ともに踊りぬくこの鈴懸馬踊りから、鹿児島の春はやって来るのだそうである。

春駒の鄙(ひな)めく甘さ二月尽　博二

春駒も鹿児島でよく見かける菓子。餅米粉、うるち米粉、小豆の晒し餡、砂糖を混ぜ、棒状にして蒸したもの。文政年間というから一茶の晩年の頃、鹿児島の城山裏、新照院町に住む高橋某という藩士が売り出したという。長さ三十センチ、太さ五センチほどで、黒糖を使った外見から、永く「まんまら」とよばれてきた。本来、携行食糧として作られたものだろうが、高橋某は鹿児島の西田座という芝居小屋でも土産物として売り成功している。現在では黒糖の代わりに白ザラを使っているので、色も味も淡白となり、長さも十センチと小さくなって、原名とは遠くなってしまった。竹の皮などで包んでいるが、鹿児島ではこの種の蒸羊羹に似た菓子が多く、鄙びた感じの甘さが好まれるらしい。

かからん団子

かからんの冬葉包みの団子の香　博二

かからんとは、さるとりいばら、すなわち山帰来の葉のことをさす。かからんの葉に包んで蒸すと、青葉の強い香りが中の団子にうつり、他地ではあまり見かけない菓子になる。現在売られているものは、よもぎ入りの蒸羊羹と餅の中間のような団子を丸めて扁平にして、かからんの葉で包んでいる。家庭でもよく作られており、特に五月の節句には粽とならんで無くてはならぬものの一つ。節句が近づくと、街中でもかからん葉が売られるという。家庭ではそれぞれの作り方があるようだが、一般には餅米と飯米を二対一位で挽いた粉に砂糖と小豆餡を加えて捏ねつけ、平たい団子にして、葉に包んで蒸す。また餡の代わりによもぎを入れ、白砂糖を使わずに黒糖のみとする例も多い。

山帰来女波ばかりが足もとに　　横山白虹

『日本大歳時記』（講談社）には、山帰来の別名を〈かから〉と記している。日本の山帰来はさるとりいばらのことで、本物は台湾や華南にある熱帯植物で、日本には自生しない。柏餅に使う柏の木は、東北、信州などに多く、西南日本や暖かい地方には少ないので、菓子屋はともかく、家庭ではさるとりいばらで代用する例が見られた。山帰来の葉は丸葉ながら大きく、光沢があり、その野生的な香りは特色がある。この木の別名を〈がめの木〉ともいうところから塩漬の葉を用いて〈がめの葉餅〉としている店もでてきた。鹿児島の市場や朝市では、小ぶりのかからん団子をフードパックに入れて十個五百円で売られていたから、地元では人気のある菓子なのだろう。横浜での物産展ではやや大きいものの、五個五百円であった。

さえんの葉解くや薩摩のよもぎ餅　　博二

さえんとはくまたけらんの葉のこと。葉蘭のような大きな葉を切って包んで蒸す。よもぎだんごと書かれていたが、さえん団子と呼ぶべきだろう。甘藷をゆでてよくつぶし、小麦粉と混ぜて細長く丸め、さえんの葉に包んで蒸したもの。また奄美大島では、よもぎと黒糖と餅米粉を混ぜ合せて、二寸と一寸位の楕円形に丸め、山帰来、バナナ、さえんの葉などに包んで蒸す菓子があるので、この方かも知れない。いずれにせよかからん団子やよもぎ団子など、色・形・香りともに、南方系の菓子の感がある。

黒糖の香や重ね着てふくれ菓子　　博二

鹿児島の食生活に甘藷は欠かせないが、黒糖も同じである。ふくれ菓子も何の変哲もない名前だが、地元の人達にとっては、日常捨て難い食品であるらしい。小麦粉に重曹を混ぜたものへ、黒糖の水溶きを入れ、手早くかき混ぜ、濡れ布巾またはさえんの葉を敷いた蒸器に流し込み、蒸れ上ったら切り分けて出す。これを節句、彼岸や盆、ふだんのおやつとしても気軽に作っていた。単なる黒糖入りの蒸しパンなのだが、これが作ってみると難しい。卵など加えてもっと上等な材料にすればよいのだが、この配合でうまく作るのには年季がかかるだろう。鹿児島ではたまたま何年来という大雪に会った。菓子の売子も重ね着をしていた。

げたんはも高麗餅(これもち)も雪鹿児島は　博二

げたんはは軟いビスケットを台形に切って、黒糖をかけたもの。形が下駄の歯に似ているからという。高麗餅は、餅米粉と飯米粉に黒糖と小豆餡をまぜ、そぼろに漉したものを枠に入れて蒸した菓子だが、家庭でも作られてきた。いこもちは煎り餅粉の意。沸騰した砂糖湯に、餅米を煎って粉にしたものを入れて捏ね、型に入れて固めたもの。携行食でもあり、家庭でも簡単なので喜ばれた。現在売られているものには、藷粉や蜂蜜などが加えられたものが多い。

いこ餅や雪にとぎれし地の言葉　博二

からいも

雪はらひ藷つぼの藷あげにけり　新野　光人

いもつぼは藷塚、いもがまなどとも呼び、甘藷を貯蔵するためのもの。畑の隅などに排水のよい、暖かな場所を選んで穴を掘り、藁や木の葉などを敷いて藷を入れる。上部にも木の葉をかぶせ、水はけのよいように土を山形にかぶせておく。密閉すると藷が腐敗するので、太い藁束が挿しこんである。寒い時は土を厚くかけて藷が凍るのを防ぐ。今日では食事情もかなり変ってしまったが、戦前には甘藷が主食であった地域も多く見られた。食用以外にも、種藷や家畜の飼料としても必要であったので、鹿児島県では多い農家で一軒あたり何トンも貯蔵していた。指宿といえば薩摩半島の南にある温泉地だが旅館の裏には藷つぼが幾つも並んでいるような畑がのこされている。今年は指宿でも雪が降ったので、藷つぼに積った薄雪を払って、土をかけ直している農家もあった。甘藷は馬鈴薯や人参牛蒡などの野菜とくらべても寒さに弱いものらしい。

年期増しても食べたいものは
　土手の金鍔　さつまいも

鹿児島では甘藷をからいもというが、江戸では早くからさつまいもであった。右は文化期（一八一五年）ごろ、吉原で流行した俚謡。吉原近くの日本堤の土手で売っている金鍔とさつまいもが食べられるなら、吉原にいる年期を延ばしてもいいという意味である。最近東京では甘藷あんの金つばが人気になっているが、この俚謡とは関係ない。ただ甘藷あんの金つばの味そのものは悪くないが。

いも餅のきな粉はや溶け小正月　博二

甘藷は主食と嗜好品の境界を行き来してきた食品のようだ。甘藷がもっとも珍重されるのは飢饉や戦争、条件の悪い農地などである。戦中、戦後の窮乏期に甘藷が果した役割などいうまでもないが、鹿児島の火山灰地や、離島の山畑でも甘藷は育つ。例えば対島に甘藷が栽培されたのは一七一五年と早いが、その頃から孝行いもと呼ばれてきた。あまり手をかけずに、土地のよくない畑でも収穫できる百姓孝行の藷という意味なのだろう。

いも餅は餅に甘藷を搗きこんだもので、配合はまちまちだが、通常は藷の分量の方が多い。きな粉や餡などをつけて食べ、固くなれば焼けばよいのだが、保存性が悪く、寒い間のものである。鹿児島では八〇グラムはありそうな、いも餅を六個二五〇円で売っていた。きな粉がまぶしてあり、食指が動いたが、他にも何種類か菓子を買った後なので、つい食べずじまいになってしまった。家庭でもよく作られるおやつと聞いたが、安価なのには驚く。

藷赤く神父の鼻は卑しからず　龍岡　晋

甘藷は中南米の原産といわれているが、比島（フィリピン）を経由して中国南部の沿岸地方に伝わったのが一五九三年。その十二年後には琉球に届き、一六一五年には九州の平戸の英人コックスが取り寄せ、その時の畑は今も平戸に残っているという。薩摩へ渡来したのもこの頃で、薩摩の琉球侵攻もあずかっているのだろう。いずれにせよ甘藷は薩摩を起点として徐々に各地に普及して行き、十八世紀中葉には、青木昆陽の努力などで関東、東北にも栽培されるようになる。

食用として藷つぼに保存する甘藷は形のよいものを選び、傷のあるもの、形の悪いもの、小さいものなどは洗ってから薄切りにし、生のまま、或いは茹でてから天日で乾燥させて保存する。生のものは主として粉に挽き、団子などにするが、茹でたものは麦飯に炊きこんだり、そのまま釜で炊き、藷だけを飯として食べてきた。五島列島では、この干し藷のことをかんころといい、最近はマスコミなどでも時折りとり上げられるので、ご存知の方も多いだろう。「かんころ餅の島で」というテレビドラマもあったが、かんころ餅とは茹でかんころを熱湯でもどしてからせいろで蒸したものへ、餅をつなぎ程度に加えて臼で搗いたもの。大人の腕位の丸棒状にしたものを三〇センチ程度の長さに形を整えてある。半月形のかき餅のように切って焼いて食べればよい。

甘藷飴を黄金の棒と引きにけり　辺見 京子

鹿児島では甘藷飴もからいも飴だが、農家では今日でもまだ作るところがあるようだ。裸麦を水に浸して作った麦芽もやしを天日で数日間干し、乾燥したら石臼で粗びきしておく。大釜で煮た甘藷―屑いもでよいのだが―に麦芽の粉を入れて搗き、二時間もおくと汁が透明になってくるので、布で漉して液をとる。この液を数時間も煮つめれば水飴になり、更に時間をかければからいも飴ができる。

この飴を熱のあるうちに伸ばし、鋏や包丁などで切ってもよいのだが、飴引きをする場合も多い。柱に打った五寸釘か桟に飴を引っかけては伸ばし、これを折り重ねて引っかけて伸ばすことをくり返すと、飴に空気が入り、黒っぽいからいも飴もだんだんに白くなる。二本の割箸で水飴を捏ねると、空気が入って飴が白くなるのと同じことである。手を水で湿らせてやるのだが、南風が吹くと手についたり、空気の入りが悪く、天候には要注意である。からいも飴を煮つめていると甘い香りが近所まで流れ、隣人も集ってくる。辺見京子は鹿児島の人。

花菜つづきの単線芋キャラメル四角　博二

鹿児島は今でも住民の所得が高い県ではない。独居老人も多く、過疎の地域も広い。しかし歴史的にも地理的にも大陸に最も近く、日本の近代化には大きくかかわってきた。その進歩的性格には土地の後進性を逆手にとって、他に売りこむ積極性も見られる。例えばボンタン飴や兵六飴のような懐しい味だけではなく、芋キャラメルなどはデザイン的にもすぐれている。いもかりんとや芋甘納豆などは東京でもあるが、唐芋ようかんは栗むし羊かんの栗をからいもに代えたもので、商品性もありそうだ。鹿児島駅では、二色芋あんパンを売っていた。白い甘藷と新しい紫色の甘藷の二種で、特に紫芋あんには惹かれた。何しろ二個百円だから文句もいえない。

西郷発ちし日も雪駅の芋あんパン　　博二

クッキーとビスケット

ビスケット焼く香の厨薔薇の昼　　丹羽　晴代

ビスケットは室町末期に日本へ渡辺した南蛮菓子の一つだが、当時はポルトガル語でビスカウトといい、特に慶長・元和の頃にフィリピンから大量に輸入された。明治八年、東京の米津凬月堂が日本最初のビスケット及びチョコレートの製造に成功し、販売をはじめている。ビスケットは英語だが仏語ではビスキュイといい、二度焼くこととか。勿論原料の配合と製法により多くの種類に分かれる。一般にビスケットといえば形も文字もはっきりと焼き上げた薄い丸や角型のものを思いだされるだろう。これは砂糖や油脂の少ないハードタイプのもので、この点からみれば堅パンや乾パンなども立派なビスケットである。

いてふ枯れ軽きビスケットの包み　　斎藤　夏風

久保田万太郎は「湯豆腐や持薬の酒の一二杯」（『流寓抄』）というほどの愛酒家だったが、

菓子の句も多く、桜餅、雛あられ、切山椒など好んで詠んでいる。なかでも「鎌倉の春としまやのはとさぶれ」は知られていよう。「これやこの鎌倉みやげ花曇り」の句も添えられており、高濱虚子と並ぶ挨拶句の名手であった万太郎らしく、宣伝にはこの上ない。サブレーという商品が一般的になったのは鳩サブレーの影響が大きいが、鳩サブレーが有名になるのは戦後のこと。サブレーは仏語で干菓子を指すというが、脂肪分の多い大型のソフトビスケットであることには変わりないであろう。

冬菫クッキー黄金に焼き上げて　内田 雪泉

クッキーもビスケットの一種だが、クッキーはオランダ語のクオキエ（小さいケーキ）の転訛といわれ、米国で主に使われていた言葉。米国へ移住したオランダ人が自家製の菓子を作り、それをクッキーと呼んだのが始めという。そういえばクッキーも戦後の米国文化のもたらしたものであり、戦前の欧州流の洋菓子には見られなかった用語と思われる。現在の日本ではクッキーとは脂肪分の多い小型のビスケットを意味するようだ。最近では家庭でも簡単に作れる様になったが、これが本来のもの。結構なことである。

帰省子を迎ふクッキー作りけり　岡坂 あさの

西瓜

物もいはで喰らいついたる西瓜かな　　正岡 子規

七月も二十日を過ぎたら急に暑くなった。例年のこととはいえ、身体がまだ馴れていない。よせばいいのに一週間ほど土工の真似ごとをした。まず屋上のスラブの修理から始める。平素家の中で仕事をしている者にとって、炎天下のハツリは汗をかかされる。こんな時にはよく冷えた西瓜がいい。氷菓ならまだしも、アイスクリームはだめだ。脂肪分が多くてすっきりしない。そうかといって氷水では飲み過ぎると胃腸の働きを弱めてかえって疲れてしまう。

冷し西瓜雲崩れんとして奇しき　　矢島 無月

菓子屋は一般に夏は苦手である。真夏日などに見えるお客様はそれこそ神さまだ。暑くなれば食欲も減退するし製品の保存にもよくない。米屋やパン屋でも夏は売上げが落ちるといわれる。また注文などで忙しかったとしても、暑い作業なので能率も悪く、肉体的にも消耗する。

そのため夏は身体を調整したり、作業場や道具などの修理保全の時期と居直ってしまう。菓子職人は一寸した大工仕事や塗装など結構器用にこなす人が多い。事実、棚の一つも吊れないようでは困るのだ。要するに夏は菓子屋にとって農閑期と同じに考えて頂ければよい。

木の実投りあそぶ従属国の空　　寺田 京子

古代の菓子は木の実、即ちくだもの、草くだもので、他に餅、糒（ほしい）、焼米などの固有名詞で表されていた。奈良朝以降、中国の菓子が移入されたことによりこれを区別してからくだもの（唐菓子）と呼ぶようになる。当時のくだものは、梨、柑子、柘榴、桃、林檎、杏、李、柿、棗、梅、枇杷、柚子、栗、椎、榧、松の実などがあり、草くだものに数種の瓜の他、茄子、あけび、苺、蓮や菱の実等が見られた。古くから上層階級の料理にはデザートとして果実が添えられていたが、平安初期からは唐菓子なども加わる。例えば一一三五年の『五節殿上饗目録』というから今の宮中晩餐会にも匹敵しようか、その献立の終わりに菓子として、小餅、唐菓子、枝柿、小柑子、榲栗、野老、椿餅、甘栗が添えられている。その後江戸初期まで、果実と菓子は混同された儘だが、菓子の発達にともない元禄の頃から果物を水菓子という様になった。最近まで関東では水菓子という言葉も通用していたが、今日では如何だろう。ジュースやゼリーの類を連想するかもしれない。

どこにこのしぶとき重さ西瓜抱く　　山口（やまぐち） 誓子（せいし）

西瓜はアフリカ原産で、エジプトでは四千年前から栽培されていたことが絵画に残っているが、インドでも古くから作られていた。東洋へは十世紀の始め、中国の西域から中国の北東部へ伝わっている。西瓜の栽培には高温乾燥が条件というから西域地方は適していたのだろう。シルクロードなどテレビで紹介される際、オアシスで西瓜に似た瓜を作っているのを見る。中国本土へ到来したのは十三世紀ごろ、中国東北部の金へ使いした南宋の使者によってもたらされ、杭州一円に広まった。ついでに西をスイとよむのは唐音。

陋屋に食われし西瓜両端立て　金子兜太（かねこ とうた）

西瓜の日本への伝来は南北朝ごろといわれ、十四世紀後半の南禅寺の僧、義堂に「西瓜今見生二東海一。剖破新含玉露濃」の詩がある。後に飛喜百翁が千利休を招いた際、西瓜に砂糖をかけてだしたが、利休は砂糖のかかっていない所だけ食べ、西瓜には西瓜のうまみがあるものをといったという伝承もある。ただ西瓜は当初、ゲテモノ視され、瓜のように親しまれなかった。何しろ中身が赤く、大きいので、上品に食べるという訳にはいかない。『八十翁寿昔話』（新見正明・一七三二）には、昔はごく下等の食物で、仲間などが道で切売りしているのを食べていたが、十七世紀の後半から下級の武士も食べはじめ、ついには大名まで食べるようになり「結構な菓子になりぬ、西瓜大立身也」とあり、ここではまだ果物も菓子と書かれている。西瓜の品質も徐々に向上し、元禄十四年（一七〇一年）大阪の鳴尾で作られたものは好評だった。

西瓜くふ奴の髭のながれけり
西瓜くふ跡は安達ケ原なれや　　　宝井其角

強そうな鎌髭をはやした奴でさえ、西瓜にかぶりついた後は髭が流れてしまう。油墨で描いた髭であったとはどうにもしまらない話だ。いずれにせよ下級の食物だから、宿場のはずれとか、街道の茶屋などの場末でよく売れたらしい。「神鳴に西瓜の売れる宿はづれ」や「一里塚西瓜の皮ですべる所」であったのだろう。子規にも「捨ててある西瓜の皮や堂の前」がある。其角の句、いずれも大名行列の途中でもあろうか。久保田万太郎の戯曲に、若い女が簪の先で種をとりながら食べる場面があるが懐かしい風景である。

西瓜食う娘の口のむづかしさ　　　『川柳評万句合』（一七六〇年）

明治以降、改良を重ねたが、東京では下級果物と思われていた。それが利尿に特効あり、腎臓病にも効果があるといわれ、明治天皇が腎臓炎で崩御したこともあり、大正に入って西瓜の価値が上がった。大正三年ごろ奈良県で品種改良に成功したのが大和西瓜で全国的に栽培された。現在では小形のものや、ラグビー球状のものなど食生活に合わせて多様化している。

これはよいたたいて見せるすいくゎ売　　　『吾妻掲』（一七五五年）

昔から西瓜はたたいて買う習慣があったようで楽しい。一茶の頃の京都四条河原の夕涼みの図にも、西瓜売が半切や¼に切ったものを台に並べて売っている所が描かれている。しかし西瓜は紅く熟しているものばかりではない。むしろ江戸時代ではよい西瓜を作るのは難しかったのだろう。「しろじろとなれぬ西瓜の小口切」（媒口・一六九七）は慣れぬ商売の悲しさである。そのため夜店の切売りでは赤く見せるために行灯に赤い紙を貼った。次の柳句、赤い行灯(あんどん)のため西瓜売の顔も赤く見えるというのである。

行灯にたのむ西瓜の薄化粧　『柳樽』74

行灯で顔まで赤い西瓜売り　『絵入柳樽』

葡萄と酒

かつぬまや馬士(まご)もぶだうを喰ながら　松木　蓮芝(れんし)

この句、芭蕉作と誤伝されてきた。蓮芝は松木珪琳(けいりん)の初号。享保十九年（一七三四年）七月、甲府に二ヵ月滞在している。蓮芝は芭蕉に帰れという蕪村らの俳諧中興のさきがけをした一人だったらしい。山梨は古くからの葡萄の産地で、鎌倉時代の初期に野性の葡萄の中からよい品種を撰んで栽培を始めたといわれている。葡萄は『古事記』によると、イザナギが黄泉の国から逃げ帰る際、エビカズラという山葡萄の一種を投げて黄泉の者達に食べさせ、その間に逃走の距離をかせいだという。この逃走劇は使者の国との境界にある黄泉比良坂で、追手に対し桃の実を三個投げつけてイザナギが生還するのだが、ここでは山葡萄や桃が霊力のある、いわば聖なる果実として扱われている。またエビカヅラが葡萄の古名であることから、黒味をおびた赤茶色を葡萄茶(えびちゃ)と書くように葡萄をエビと読ませるのだから面倒なことだ。エビカヅラとはつるの巻き具合がエビの髭に似ているからだというがよく分からない。

我ものにして物さわがしやぶだう棚

山口 素堂

　本来の甲州ブドウ以外、現在国内で栽培されている葡萄はほとんど明治以降輸入された外来種といわれる。中国に西域から葡萄が移入されたのは漢の武帝（前一〜二世紀）の代だが、葡萄の語は西域の土語 budaw をそのまま音訳したもの。またブドウの発音も呉音であるから、日本にとっては漢字の古い方の読み方でもある。日本へ漢字が入ってきた当時は中国の江南地方、すなわち三国誌の呉の地方の発音が中心であり、呉音とよばれ親しまれてきた。これはその時代、朝鮮半島の北部を高句麗が支配していたので、日本及び百済や新羅の朝鮮南部の国も中国南部の国家と交流を持ったことによる。のち中国が唐の時代となると中国の標準語は当然に首都長安で使われている言葉となり、これを漢音と称した。その結果、漢籍（中国の書物）の読み方はおおむね漢音に訂正されたが、仏教用語や仏典を通して輸入された漢語は呉音のままに残って今日に至っている。次にその例を二、三あげておきたい。

〔呉音〕経文（キョウモン）、文書（モンジョ）、金色（コンジキ）、世間（セケン）、正体（ショウタイ）、殺生（セッショウ）。

〔漢音〕経書（ケイショ）、文章（ブンショウ）、金銀（キンギン）、中間（チュウカン）、正方（セイホウ）、生殺（セイサツ）。

　桃は中国の果実の王であり、葡萄もまたその名称から早い時期に輸入されたふしがある。ただ桃も葡萄も在来からの自生種が多く、食用にはそれほど改良されていなかった。葡萄に関してみれば永田徳本（とくほん）の指導で葡萄棚を使用するようになる江戸初期から、飛躍的に生産力が増大する。徳本（とくほん）は医者で、本草学の知識が深く、諸国をめぐっているが甲斐に最も永く住んだ。医者としては一家をなし、後に徳本流とよばれている。素堂の句、当時の葡萄畑での収穫期の情景でもあろうか。素堂が反発するほど葡萄栽培が盛んになっていることを表しているかのようだ。

酒しぼる蔵のつづきや葡萄棚　　中村　史邦（ふみくに）

史邦は武家の侍医で、仙洞御所に出仕したが、のち江戸へ出て、芭蕉の門に入り、『猿蓑』には十四句入集している。素堂の家は甲斐で酒造を業としていたから、似たような景を詠んだものだろう。この蔵は日本酒と思われるが、葡萄酒だとしたら面白い。葡萄酒が国内でいつから作られるようになったかは論の分かれるところだが、江戸期の国内の葡萄酒は焼酎に砂糖と葡萄を加えて作る梅酒式のものだったという説もある。次の句、豊後梅製の梅酒の意。

梅酒や豊後の花のほめ残り　　『江戸雀』（十八世紀初）

俳諧初期の作法書『毛吹草（けふきぐさ）』（一六三八年）には、現在と異なる季語も見られて興味深い。八月の果実は葡萄とあけび位だが、九月には柿・蜜柑・梨・栗・ざくろ・棗などの他、胡桃・榧をはじめとする木の実が入っており、酒に関しても新酒・古酒・紅葉土器、葡萄酒が記載されている。中国では葡萄酒が古くから作られていたし、日本でも『下学集』（一四四四年）という室町時代の国語辞書に「其の汁酒に醸す可シ」とあるから醸造の知識は古くからあったらしい。山梨でも室町末期には干葡萄もつくられ、武田信玄が葡萄酒を飲んだことがあるとか。次の句、『毛吹草』の著者の撰になる『犬子集（えのこしゅう）』（一六三三年）にあるもの。棚は葡萄棚にかけられている。慶友は連歌師牡丹花宵柏（しょうばく）の子。宵柏は公家の出で、南蛮の酒を愛飲していたというから、この葡萄酒も国産か否か迷うところだ。

　棚に置（おく）は実（げに）葡萄酒のとくり哉　　慶友

中国江蘇省の蘭陵は美酒を産出するので有名だが、唐の酒仙・李白は「蘭陵の美酒欝金香、玉碗盛り来る琥珀光」と詠っている。これにならって江戸中期の儒学者・荻生徂徠も「甲陽の美酒緑葡萄、行露三更客袍を湿ほす。識る可し良宵天下に少きを、芙蓉峰上一輪高し」と葡萄酒の詩を遺した。徂徠は五代将軍綱吉の側近・柳沢吉保に重用されていたので、甲斐のよい葡萄酒を飲むことができたのだろう。吉保は当時甲府十五万石の大名でもあった。

　しぼらるる淋しき夜半のぶだう酒　　『笠付豆本』（十八世紀）

葡萄酒をつくるのは素人でもそれほど難しくない。『毛吹草』に季語としておかれていることは、少なくとも葡萄の産地の近辺ではかなり飲まれていたと思われる。市場に出回らなかったとすれば、流通・保存上の技術と一般の嗜好に問題があったのかも知れない。

国内で近代的な葡萄酒製造にとりかかるのは、明治元年、甲府の山田斎教、詫間憲久らが始めで、同十年には山梨県の勧業場に葡萄酒醸造所が設立された。この結果、青森、北海道、大阪、滋賀、千葉などで醸造が行われるようになり、明治四十年にはサントリーの赤玉ポートワインも出てくる。

葡萄の生産に乾燥地帯が適することは世界共通の事実だが、西アジア原産の種は有史以前から栽培され、とりわけ優秀である。現在ヨーロッパで栽培されているものもこの系統の種であるらしい。次の句、作者は「かつらぎ」の古い同人。

葡　萄　種　吐　き　て　西　域　物　語　　下村　梅子

南蛮酒一献

紅のチンダ流るる春の水　井原西鶴

西鶴の晩年、談林派の友人・紅葉庵賀子と編んだ「蓮実」の中の句。「海棠睡る唐人の留守」（西鶴）が前におかれている。小説に没頭していた西鶴も、この頃は俳諧に復帰していた。西鶴は十五歳から俳諧を学び、特に速吟にすぐれ、一昼夜に二万三千五百句の記録を残したほど。この人並みはずれたバイタリティから、オランダ西鶴の異名をとった。チンダはポルトガル語のヴィーニョ・チントからきており、ヴィーニョはワイン、チントは染めたという意味だから赤ブドー酒のこと。ついでに白ワインはヴィーニョ・ブランコである。チンダは珍陀ともあてられているように、輸入物のワインは特に高価だった。次の句、専用の座敷を持っている上級の遊女は身の回りにぜいたく品ばかり揃えているものだが、そこにも無いのではよほど高級の酒であったらしい。

ちんだ瓶持たぬばかりの座敷持ち　『柳樽』47

前にも触れたが、南蛮船で来た宣教師達は布教活動の中で、南蛮の菓子や酒を利用したといわれ、『甫庵太閤記』（一六二五）に、「上戸には、ちんた、葡萄酒、ろうけ、がねぶ、みりんちう、下戸には、かすていら、ぼうる、かるめひら、あるへい糖、こんへい糖などをもてなし、我宗門に引入る事、尤もふかかりし也」とある部分はよく引用されている。この本が書かれたのは家康の死後十年と経っていない時だから、その内容はおおむね信じてよい、ろうけ、がねぶについては分からないが、みりんちうとはみりんのこと。

みりん酒に口のほぐるるだまり坊　『東馬評万句』

ころころところぶ程酔ふあられ酒　『もみじ笠』

篠のはにふるや誠の霙酒　『犬子集』

みりんも現在では調味料扱いだが、昔から甘口の酒として利用価値が高かった。みりんの表示を見ると、原材料として、餅米、米、米麹、醸造アルコール、糖類と記され、アルコール度は13・5から14・5度となっている。以前のみりんは焼酎に蒸した餅米や麹を混ぜて醸造し、滓をしぼったものであった。みりんちうのちうは、焼酎の酎である。粗雑な酒に馴れていた人々にとって、甘口のリキュールとしてのみりんは一つの発見だった。奈良名産の霙酒はあられ酒とも呼ぶが、みりんに米麹をそのまま霙のように浮かべたもの。口あたりがよいので、ついころぶほど酔ってしまうのだろう。白酒も江戸後期からはみりんに蒸した餅米と米麹を加えて熟成したもろみを挽き砕いて造るようになる。屠蘇は古くから酒を使っていたが江戸からみりんも用いられるようになった。江戸も半ばに「ほめぬこと嫁みりん酒がきらい也」（『武玉川』15）と、酒の屠蘇の方がいいとは嫁らしくないという句があるから、みりんも上戸には敬遠されていたらしい。

昔たれかかるみりんの粕をうりて
　こぼれ梅とは名付けそめけん
『狂歌夜光珠』（一八一五年）

酒粕は利用法が多いが、みりんのしぼり粕も「こぼれ梅」といい菓子とされていた。瀬戸内の良港・鞆の浦で知られた保命酒は、みりんに地黄など十六種の和漢薬を加えた薬用酒だが、この酒粕もほの甘く風味があり、菓子といわれた意味が分かる。また甘酒としても他の清酒の粕よりもたしかに味がよい。

口おしやあほうになろぞしやうちう樽
『塗笠』（一六九七年）

まづ能い気味とおもふ泡盛
『類字折句集』（一九六二年）

今も昔も安直に気晴らしをするなら焼酎がよいということか。後句、嫌な客が悪酔いをしたところらしい。やはり酒はほどほどにした方がよいにきまっている。酎とは酒を水の代わりにして、麹と穀類を加えて新たに酒を造り、またその酒を水として酒を造ることをくり返して濃い酒を得る方法であった。祖先の霊を祀るときなどに使われたらしく、「天子酎を飲むに礼楽を用う」（礼記）とあるから、天子も音楽の伴奏と共に、作法通りに酎を飲まなければいけなかった。この何度も醸造をくり返すかわりに、酒を焼く、つまり酒を熱して蒸溜する方法が発明されたのは十一世紀、アラビアのことである。これがインド、東南アジアを経て、中国に伝わるのが元の時代のころ。焼酎が日本に入ったのは十五世紀初め、朝鮮から対馬の宗氏へ贈られている。いつから蒸溜できるようになったかは分からないが、十七世紀にはみりんが博多で造られていたからそれ以前であることはたしかだ。

焼酎が京都へ入ったのは、記録では『言継卿記』にある一五六五年が古いが、鹿児島県大口市の郡山八幡社の本殿改修の際、発見された棟木札には、神主が大工に焼酎を飲まさぬ事をそしった落書があったという。この棟木札の年代は一五五九年だったから、この頃から宮大工に焼酎を飲ませるのが常識だったとは驚きで、さすが焼酎の本場だけのことはある。

壺つきのコップが一つ阿久根酒　『柳樽』123

阿久根は薩摩西北の漁港だが、焼酎では早くから知られていたらしい。先日、飲む機会を得たが甘く感じた。東京でも売っているような大手メーカーの酒とは少し違うようである。焼酎とは酒の粕やもろみから造られていたが、後に多くの穀類を原料とするに至る。戦後、悪酒の代表としてカストリがあったが、似て非なるもので、本来の酒粕やみりん粕から造った粕取焼酎が品質がすぐれていることはいうまでもない。製法も明治中期から蒸溜器が新しくなったが、あまり進化すると、純粋のアルコールに近く、味が無くなってしまうので、古い蒸溜器のものも加えるという。旧式の蒸溜器をらんびきというのはポルトガル語のアランビッケから由来しているが、宣教師達の遺したものも今に伝わっているのだろう。焼酎が俳句で夏の季語となるのは大正時代からか。大正から昭和へかけて、多くの歳時記に見られるようになった。

焼 酎 に も て な さ れ た る 獣 医 か な　　　偉邦

球磨川と焼酎

前舵が笠飛ばしたり山ざくら　広瀬盆城

『日本新名勝俳句』（昭6）の特選に推された句。大阪毎日と東京日日新聞社は、山岳、渓谷、瀑布、河川、湖沼、平原、海岸、温泉など計一三三の場所を日本の新名勝地として選定し、更にその地で詠まれた俳句を募集したことがある。選者は高浜虚子一人で、十万を越す応募句の中から入選一万句を選び、二十句を特選とした。その中には、英彦山の「谺して山ほととぎすほしいまゝ」（杉田久女）赤城山の「啄木鳥や落葉をいそぐ牧の木々」（水原秋櫻子）、箕面滝の「滝の上に水現れて落ちにけり」（後藤夜半）、「さみだれのあまだればかり浮御堂」（阿波野青畝）などの知られた作が目白押しに並んでいる。

前句は球磨川のもの。球磨川といえば最上川、富士川と共に日本三急流の一つとして知られ、舟運にも利用されてきたが、観光用の舟下りとしても歴史が長い。球磨川は鮎漁でも知られ、「球磨下る舟の中なる鮎料理」（梅本城山）もあるが、今日では行われていないようだ。舟下り後半では特に急流、荒瀬が続き、飲食どころではない。次の句、大げさな表現だが実感はある。

球磨の舟また落ちくるや鮎の宿　　時任 馬酔木

球磨川中流にある人吉市は、十二世紀末より明治維新まで相良氏の治世下にあった。岡山藩士渡辺数馬が姉婿荒木又右衛門の助けを得て、仇の河合又五郎を芭蕉の生地、伊賀上野で討ったことは知られているが、この事実を脚色した浄瑠璃「伊賀越道中双六」に、仇の又五郎の「落ち行く先は九州相良」の文句で人吉が知られることも面白い。人吉は森林資源や温泉などの自然に恵まれているが、文化財もよく保存されている。しかし名産といえば焼酎となろう。

春愁や焼酎ひとり湯にわって　　杉山 けいさ

焼酎は全国各地で、いろいろな原料で作られてきたが、球磨では古くから米であった。相良が二万二千石の小藩であったことを思えば不自然のようだが、城の遺構を見ても堂々としたもので、実高は十万石にも達したといわれている。農民の隠田からとれる米を焼酎とするよう藩でも暗にみとめていたという説はともかく、人吉盆地においては焼酎に使用できるだけの米に余裕があったのは確かだ。また気温の点からも南九州は日本酒の醸造には不向きで、酒の質や保存性からも焼酎化をすすめたのだろう。

焼酎は蒸留酒の一種だが、蒸留酒とは醗酵してアルコールを含んだ液体、すなわち醸造酒を蒸留して作るもの。例えばワインを蒸留してアルコール度数を強くしたものがブランデーであり、ホップを入れないビールを蒸留して樽で熟成させればウイスキーになる。蒸留の原理そのものは紀元前から知られていたが、酒に応用したのは十一世紀、アラビアにおいて錬金術師の手になるといわれている。後、世界各地に伝わるが、中国に入るのが元の時代のころ。日本へは十五世紀初めに朝鮮の李王朝から対馬の宗氏へ贈られた。しかし焼酎が日朝間の交易品目となるのは僅かの期間でその後は見当らないから、焼酎の国産化は意外に早かったようだ。人吉から山一つ隅てた鹿児島県の大口市は伊佐米の産地で知られるが、かつては金山の町として栄えていた。ここの郡山八幡神社は十二世紀末の創建だが、重要文化財である本殿の解体修理の際、柱上部の材木継目にある落書が発見されている。文面は「永禄二歳八月十一日　靍田助太郎　作次郎　その時座主ハ大キナこすてをちゃりて一度も焼酎を下されず候　何ともめいわくな事哉」と片カナまじりで書かれていた。内容は、神主がけちで一度も宮大工に焼酎をふるまってくれなかったという宮大工二名の不満である。実はこれが焼酎の文字の最古といわれるもので、それまでは焼酒と書かれていた。永禄二年（一五五九年）は桶狭間の戦の前年。当時すでに薩摩では宮大工に焼酎を飲ませるのが常識だったとは驚きである。

焼酎の仕込み工場の湯気豊か　　西村とみ枝

焼酎造りは秋から冬ということになっている。特に鹿児島のように甘藷焼酎が多い地方では新藷がとれると忙しくなる。大口市も鹿児島県だから八幡神社の落書にある焼酎も芋焼酎と思われがちだが、そうではない。甘藷が日本に伝来するのは十七世紀の前半である。また当時の大口には相良氏の勢力が及んでいたので球磨の焼酎であった可能性がつよい。それにしても神主がふるまわなかったのは焼酎が高価な酒であったからだろうか。

泡盛の香をこそめづれ小盃　　田中田士英（でんしえい）

焼酎を飲むのに作法などあるわけはないが、鹿児島では黒ジョカという酒器がある。名の通りに黒色の土瓶を平たくしたようなもので燗をつけるのに使われていたのだが、現在ではあまり見かけなくなった。盃も底が円錐形をしているものがあり、酒を注いだまま卓に置くことができない。この種の盃は絶えず手に持っていなければならないから、宴席などにおいては正に恐怖の酒器ともなろう。

球磨地方にもガラと呼ぶ直火の燗器がある。有田焼の細い鶴頸をしたものだが、使う盃もごく小型のものを使っている。直径三センチほどだから、十cc位しか注げない。しかもこれで宴席のやりとりもするという。初めは健康と財布のためにアルコールを節約するのか、球磨の人達は合理的でよろしいと思ったが、それだけではないらしい。飲み始めてみるとこの十ccの焼酎が何ともいえずうまいのである。その理由は湯割にした銚子のものと比べて、生（キ）に近いことのようだ。湯割の銚子では普通の盃だったから、生の状態では飲み過ぎてしまうことはたしかである。米から作られた焼酎は日本酒のスピリッツなので、味にくせや臭いが少なく、最良の焼酎といっても言い過ぎでない。それだけに薄い湯割とするには不向きで、どちらかというと生に近い方がより美味に感じられる。田士英の句は泡盛だが、米焼酎も小盃がよいということだろう。

米焼酎が一般的でないのは、まず原料が米であるというコストの面に加え、三十社近くある球磨の酒造所の多くが小規模である故と思われる。しかし球磨地方では若者も焼酎好きで、酒類の消費に占める割合は七割に達するとか。人吉で売られている最中にも焼酎瓶をかたどったものがあった。餡に焼酎が入っているようだが、米なので気にならない。上村占魚は人吉出身。

米の香の球磨焼酎を愛し酌む　上村（うえむら）占魚（せんぎょ）

饅頭

（1）

駄菓子屋の饅頭痩せたり鮭獲る村　岸田稚魚

饅頭屋は石ころ屋根や桐の花　梅屋伊平

前句、昭和三十年頃か。当時数年間の療養生活を了えた作者は旅をくり返しているが、これは越後でのもの。「朽つる錨」と題したこの一連の作で稚魚は「鶴」の「風切賞」を得た。寒村の駄菓子屋では毎日仕入れることもできず、日が経って痩せた饅頭が目に浮かぶ。戦中派の女性が駄菓子屋の品しか買えなかったので、大福餅が軟らかいことなど知らなかったといわれたことがあったが、現在では材料や製法も改良されているのでそのようなことも少ない代わり、素朴さも失われてきた。二句目は金沢と前書があるが、同じ裏日本の生活感が感じられる。ガムやチョコレートで育った戦後の世代はともかく、高度成長期に至るまでの和菓子、特に饅頭の嗜好品としての役割は小さなものではない。また『日本大歳時記』（講談社）など蒸饅頭（酒饅頭、甘酒饅頭、肉饅頭）を冬の季語としている。茶道でも寒い時季には饅頭を蒸して使うことがあるが、別に中華饅頭ならずとも蒸したての饅頭の方が美味しいのは当然である。

蒸し復したる饅頭や冬籠　岩本躑躅

饅頭の起源については俗に『三国志』の諸葛亮孔明が南蛮征伐の帰り、濾水（ろすい）（揚子江の支流）の風浪が荒くて渡れないので、人身御供の代わりに羊と豚の肉を刻んだものを麺に包み、その上に人頭を書いて蛮神を祀ったことに始まるといわれる。孔明は三世紀初めの人だからそのような事実があったとしても饅頭の創始者とはいえないだろう。一説に素の昭王ともいい、いずれにせよ饅頭に類する物は紀元前からあった。穀粉の調理法には焼く、煮る、蒸す、揚げるなどあるが、中央アジアから西はパンなど焼いたものが多く、中国では蒸しパンの方法を選んだ。バビロニア時代の主食は、粗づきの大麦粉を水で捏ねて焼石にのせ、熱灰を覆って蒸焼にしたものとの記録があり、雑菌による自然醗酵が発見されたのは新しく、紀元前二千年頃といわれる。ただ雑菌醗酵は中々難しく、純粋酵母が生産されるのは十九世紀後半まで待たねばならなかった。

この事情は中国も同じで、醗酵した生地を蒸して饅頭を作るにはかなりな年月を要したに違いない。『漢字源』によれば饅頭の曼は上にまるくかぶさる意で、まるく薄皮をかぶったむしパンとあるから、醗酵したパンではなく、シュウマイや餃子のようなものを指しているようだ。近代の中国では饅頭（マントウ）といえば蒸しパンそのもので、飯代りに食べるもの。中に餡や肉の入っているものは「豆炒包（トウシャーパオ）」や「肉包子（ロウパオツ）」という。豆炒は小豆餡のことでこれらはマントウと区別してパオと呼ぶのが通常である。『燕翼詒謀録』に「仁宗（宋朝第四世・一〇二三～六四）誕生に群臣に包子を賜う。即ち饅頭の別名なり。今の俗は屑饅を醗酵せしむ。或は餡あり、或は餡なし。蒸して食するは之を饅頭と謂う」とあり、『名儀考』に「蒸して食ふ者は蒸餅（ジョウヘイ）といい、今の饅頭なり」ということなど併せ考えると、中国でも醗酵生地を使用した饅頭ができたのはそれほど早い時期ではなさそうだ。遣唐使などが持ち帰った唐菓子の中にその種の食品が見当らないのも証左の一つにならないだろうか。

日本に饅頭が輸入されたのは、室町初期（一三四〇年代）宋から帰朝の建仁寺住職竜山禅師に同行した林浄因によるというのが通説である。四十年間も宋に留学した竜山に深く帰依していた浄因は、奈良に住み饅頭を業とした。奈良は当時平氏が破壊した治承の乱（一一八〇）の災害復興に多くの人口が集中し、鎌倉時代には京都や堺との関係が密接になって一つの経済圏をつくり上げ、京都の政治的、流動的な社会環境とも離れ、安定している仏都奈良は商業的にも有利で、帰化人の活動を助ける条件を持っていた。当時、奈良には食糧、生活用品、武具など商工業の同業組合である座も八十を数え、その中には菓子座もあった。林家も饅頭を製してこれに加入したのだろう。

宋朝時代（九六〇～一二七九）の中国文化の特色は生産の拡大と生活の向上であったが、揚子江デルタ地帯の農業の発達、特に水稲耕作の発展と稲麦の二毛作技術の進歩、茶の栽培も盛んとなり、飲茶の風習が日常となった。ただ日本では肉饅頭は好まれなかったので、砂糖の普及と共に小豆餡が主となったが、野菜を餡にした菜饅頭もあった。菜饅頭はやがて菓子の本流から外れ、郷土食として焼餅、おやきなどの名で現在も存在している。

林浄因の裔、紹絆は五世の孫といわれるが、饅頭研究のため数年間中国へ留学、帰国してから京都へ移り、烏丸通三条下る饅頭屋町に住んだ。足利義政が「日本第一饅頭所林氏塩瀬」と欅の大看板に直筆して与え、後土御門天皇が皇后の印である「五七の桐」を商標として許されたのもこの紹絆の代のことであったらしい。大覚寺古文書には「饅頭、高さ一寸五分、直径二寸五分、皮麦粉、小豆餡入」とある。饅頭の普及にともない『七十一番職人歌合絵』などにも饅頭が登場し、貴重な風俗資料となっている。

うり尽す大唐餅や饅頭の声ほのかなる夕月夜かな
いかにせむこしきにせむる饅頭の思ひふくれて人の恋しき

菓子の発達を促したものは禅宗寺院に興った日本式の喫茶の風によることは知られているが、現在も日本人の茶の消費量は世界一とされる。日本の水質がよく、緑茶の味は日本の水によって生かされたともいえ、茶道の発達もこれと無関係ではない。室町時代の連歌師飯尾宗祇（一四二一～一五〇二）が花の本宗匠を許された時の、「花の本開き百韻」は『新続犬筑波集』に

八句残るが

堂はあまたの多田の山など

まんぢうを仏の前にたむけ置

右はその初めの二句。多田は清和源氏の二祖・多田満仲のこと。宗鑑の『新撰犬筑波集』（室町後期）にも左の二例が見られる。

不動の腹はふくれたり

をんたらやかん饅頭を取り食ひて

座敷のうちにくふは饅頭

平家にや多田の行方をかたるらん

(2)

千早振る木で作りたる神姿　桃青

岩戸開けて饅頭の店　信章

桃青はいうまでもなく芭蕉、信章は「目には青葉山ほととぎすはつ松魚」の山口素堂である。京都の談林派、伊藤信徳を迎えて、三人で、『江戸三吟』三百韻を編んだのは延宝五年（一六七七）のことであった。木で作りたる神姿とは木馬で饅頭屋の看板であったが、江戸後期の戯作者、柳亭種彦はこの句を引き「古来饅頭うる見世に木馬を出したり。アラウマシといふ心を表したり。元禄の頃やみたり」と書いている。一説には「腰がつようてうまき」の意ともあるがいずれにせよウマイということには変わりはない。

饅頭で人を尋ねよ山ざくら　　宝井其角

花見尋友と前書のある句、難解で去来や許六からも批判されているが、「十五から酒をのみ出てけふの月」、「大酒に起きてものうき袷かな」などの愛酒家の其角にも饅頭の句がある。①饅頭をやるから人を尋ねて来い。②饅頭あたま即ち僧形の友のこと。③友は下戸なので饅頭を食っているだろうという三つの解に分かれるようだが今も昔も花見に酒はつきものだから③が正解のような気もするが、江戸初期には饅頭が大衆化していたことは事実である。

饅頭の祖神おはします橙累々　　平赤絵

奈良での道標大会の帰りに漢国（かんごう）神社へ廻ってみた。近鉄奈良駅に近いこの神社は県社であり、由緒書によれば推古朝に園神・大物主命を祀り、後に藤原不比等が韓神の大己貴命（おおなむち）と少彦名命（すくなびこな）を合祀したいわば国際的な社でもある。境内には林浄因を祀った林神社があり、社殿は昭和三十一年に全国の菓子屋の浄財により建立された。それ以前は境内の隅に小さな木札を立てこっそりと祀っていたという。特に日中戦争以来は宮司にも苦労があったとか。右の句は社前に句碑としてあり、たちばなが黄色い実を沢山つけていた。作者は山口青邨門で仙台光明堂の主。四月十九日の大祭には大饅頭を仙台からわざわざ運んで来る。毎年一キロつづ増していくとのことで、今年は百四十キロだったから来年は一個百四十一キロの大饅頭となり一見に価しよう。

境内では饅頭屋宗二献木紅梅とある老木も目につく。饅頭屋宗二こと林宗二（一四九八～一五八一）は浄因の六代目の子といわれるが、町人で始めて古今伝受をうけた歌学者で儒者でもあった。歌学は歌道の門閥を中心に継承され、二条家が主体であった。のち宗祇から肖柏を通じて宗二に伝えられている。また出版事業も行い、中でも饅頭屋本節用集はベストセラーで文化史上にも重要な位置を占める辞書である。天地、時候、草木などに内容を分類した国語辞典でイロハ引きでもあり使い易かった。次は宗二を詠んだ古川柳。

古今伝甘口でない饅頭屋

歌書に目を晒し古今の奈良伝受

江戸幕府の開基と共に早くから塩瀬は江戸に移り、饅頭日本一の地位を保っていく。饅頭そのものの伝来は必ずしも塩瀬饅頭の祖、林浄因が始めてではなく、鎌倉時代、宋から渡来した禅僧などによってもたらされている事は間違いない。一説では聖一国師が帰国した際（一二四一年頃)、博多の栗波吉右衛門に酒饅頭の製法を教え虎屋と号して開業させたという。のちこの虎屋は絶え、名のみが京都や大阪など各地に残った。博多には古くから名物の白酒があり、朝廷へ〝練り酒〟と称して献じられていたから、酒による醗酵を利用した饅頭にはもってこいのものであった。ただ林浄因の名のみが残ったのは製法技術がすぐれていたことが想像されるが、それにもまして林和靖の後裔という素性が役立ったらしい。林和靖は宋初の詩人で白楽天などと共に日本の文化人に早くから親しまれていた。

疎影横斜水清浅　暗香浮動月黄昏

特に梅を詠ったこの詩はよく知られ、西湖の北の孤山に隠棲、鶴を飼い、梅を好んだ彼の境涯は日本の文化人の憧れで、詩や画の題にもよくとり上げられている。若き日の佐々木信綱は孤山の林和靖の墳の梅蕾一枝を東京まで持ち帰ったといい、『蒼穹』の岡野直七郎にも「林処士にわれはあらねど几に近く四季をりをりの花を絶やさず」の作があるなど林和靖景仰は最近まで続いていた。

梅白しきのふや鶴を盗まれし　松尾芭蕉

『野ざらし紀行』のこの句は三井秋風の京鳴滝の別荘でのものだがこの梅園に鶴のいないのは昨日盗まれたからだろうと主を林和靖に暗に擬して賞揚しているほどである。

林紹伴の子宗味は千利休の孫娘を妻とした茶人で、饅頭屋を業としながらも、紫色の羽二重の袱紗を創案し〝藤潟〟の銘で好評だった。古川柳に「服紗にも饅頭ほどのうまみあり」と見え、其角の遺句集『類柑子』に次の句がある。

藤潟や塩瀬によするふくさ貝　　宝井　其角

林氏は江戸中期にも国学者、林諸鳥を出すなど、林和靖の子孫を名乗るにふさわしい実績を示した。これに対し虎屋系は最大の大阪の虎屋にしても元禄頃よりといい、京の塩瀬で修業している。ただ京の黒川本家は関ケ原の戦の時、大阪方に味方して出兵したが、塩瀬は徳川についた。その結果虎屋黒川は京を離れず禁裡御用を勤めたが、維新後は逆に虎屋の方が優勢のようだ。

隣り桟敷の饅頭をねだる也　　『柳樽』14
太夫から二荷と虎屋は詰めている

江戸時代も後期に入ると、虎屋系の菓子は江戸でも歌舞伎関係にくいこみ、芝居の顔見世狂言に積物として盛んに使われた。また芝居小屋でも虎屋饅頭しか売っていなかったので、芝居見物客もよく食べた。塩瀬などの高級店にくらべて安価だったのかも知れない。虎屋が酒饅頭系であるのに対し、高級店では薯預饅頭やふくらし粉の饅頭など皮種に高価な砂糖をより多く使用する方向へ進んでいった。だからといって甘酒などを使って小麦粉を醗酵させて作る酒饅頭がまずいのではない。一六〇九年に上総海岸へ漂着したスペイン船に乗っていたフィリピン諸島の長官兼司令官ドン・ロドリゴの報告書に「日本人がパンを食べるのは果物と同じく常食外としてだけだから、江戸において作るパンは世界中で最良の品である」とある。パンは日本人にとって饅頭の餡のないものと考えられてきていた。ロドリゴの食べたものが蒸したものか焙いたものかはよく分からないが、酒種のもつ醗酵生地のよさを世界的に紹介したものと考えてよいだろう。酒饅頭を焙けば餡パンになるのだから。

饅頭を喰て律儀に見せる也　『武玉川』4

(3)

歩行(かち)ならば杖つき坂を落馬哉　松尾 芭蕉

『笈の小文』にあるこの句は無季で知られているが、一六八七年の師走の作。杖衝坂は四日市を出て、石薬師の宿に近い所。内部川の橋を越えてから旧道は国道一号線の南側を迂回して丘陵地を登る坂道となる。江戸初期の代表的な旅行案内書である『東海道名所記』には「四日市より石薬師まで二里半十町（中略）。杖衝村、つえつき坂、ここに饅頭あり、風味よし」とあり「つえつきの乃の字のなりなまんぢうを座頭殿こそこしめされけれ」と狂歌がのっている。この書の刊行は一六六〇年頃だから芭蕉の少年時代になろうか。

『出来斎京土産』(一六七七)という案内記にも五月五日の賀茂の競馬についての詳細な説明の中で「(立錐の余地もない観客の間を)饅頭、あん餅、飴、おこし、粢(シトギ)なんどその中にも売めぐるに、くづれかかる人、はせ過る馬に蹴ちらされ、打こぼされてあはてたるも(以下略)」と当時の菓子売りについても触れている。

饅頭の穴美しゃ月の顔　三宅 嘯山

嘯山は京都の人で、蕪村、太祇とも親しかった。右の句、嘉定と前書がある。室町から江戸期を通じて〝嘉定喰(かじょうぐい)〟といい六月十六日に菓子を食う習慣が一般に行われていた。疫病にかからぬ為というが、徳川家では特に重視し、家臣に直径五寸もの大饅頭を与え、十一代家斉の例では大饅頭五八〇個、羊羹九七〇切使用していた。嘉定は時代、場所によって行事内容が異なるが、この夜十六歳の女子は振袖を切って詰袖とし、嘉定菓子の饅頭に穴を穿って、そこから月をのぞく風習も見られた。次の句も饅頭だろうと思われる。

爪紅の指でつまむや嘉定菓子(かじょうがし)　森川 許六

芭蕉の時代には饅頭が一般的になっていたのは前述の通りだが、道中名物としての饅頭は江戸期を通じても多くはない。現在のドライブインなどと同じ様に多くの客をさばく為に、また取扱いや技術的な面からも菓子としては餅類が圧倒的に多く、団子類がそれに次いだ。十辺舎一九の『東海道中膝栗毛』は十九世紀初めだが、杖衝坂から四日市へ二キロ程戻った所にある伊勢への分岐、日永の追分茶屋での饅頭の食べ比べが面白い。「名物饅頭のぬくといのをあがりまァせ、お雑煮もござりまァす」との呼び込みに、茶屋で饅頭を十四、五個も食べ、その様な悪い甘い物は多く食べれまいという挑発に、こんな小さい物は大丈夫だとあと十五個ほど無理して食べる場面があるが当時の様子がよく分かる。温いのは酒饅頭を意味し、甘い餡といっても黒砂糖だろうが、コストの面から小形になっているのである。ただ最近まで見られたが塩餡のものもあり、それらは大型で安く、腹を充たすのにはよかった。ある諸国修業僧の日記に「文化十年七月二六日晴天。(中略)さて今日も昼寝なし。饅頭三つ食ひたり。よって一句。」

まんぢうのふくれ哀れや秋の腹　　泉光成院亮

日本最初の菓子製法書の『古今名物御前菓子秘伝抄』(一七一八)には酒饅頭、焼饅頭(鯛焼様のもの)、葛饅頭の三種で、甘酒を使ったパンの作り方も書かれている。次に刊行された『古今名物御前菓子図式』(一七六一)では薯蕷饅頭(俗に上用とか蕎麦饅頭)という新しい分野が開拓され、この内容は近世菓子製法書の最高とされる『菓子話船橋』(一八四一)でも変らない。ただその応用として朧饅頭、玉子饅頭、旭饅頭、腰高饅頭など応用が見られるのみである。勿論これらの書は一般向けであり、各菓子屋はそれぞれの技術を守り深めているのだから、現実には菓子屋の数だけ饅頭の種類があったことだろう。

薄雪饅頭ぱっかりと割て食ひ　　『柳樽』72

腰高饅頭食ひにくい立ち出合　『柳樽』133

一七六〇年の『東行話説』は公家の土御門泰邦が江戸への勅使、柳原大納言への一行に加わった際のもので、当時の東海道の名物を試食した記録として興味があるが、その中で菓子と思えるものは、草津の姥ケ餅、杖衝坂の饅頭、前後の米饅頭、芋川（現在の刈谷市）の米饅頭、猿ケ馬場（静岡と愛知の県境、広重の画く所）の柏餅、日坂の蕨餅、安倍川の餅、鶴見の米饅頭に過ぎない。その中でも米饅頭は餅饅頭、すなわち大福餅の類であるから、道中の茶屋などでの名物饅頭としては杖衝坂のものが代表ということになる。この時代では多くの町や村に饅頭屋があり、例えば大坂の儒者田村仲宜の「嗚呼矣草（おこたりそう）」（一八〇六年刊）には、日本三大村の一つの天王寺村には饅頭屋が一軒もないのを不思議としているほどだ。もっとも大坂と地つづきで、市内と変わりなかった農村の天王寺では、饅頭屋を開いても営業が成り立たなかったかも知れない。

饅頭に都見やりつ伊勢さくら　呉丈

呉丈は十八世紀前半の人。『御湯殿上日記（おゆどののうえのにっき）』という天皇の日常を中心とした宮廷目録が一四四七年から一八二九年まで約三世紀半にわたって現存している。記録者が女官であることから女房詞の研究に不可欠とされ、饅頭渡来からそれほど時代を経ていない文章が残っていることが有難い。饅頭の部分のみ多少現代訳を加えてみると、一四八五年十一月十五日、泉涌寺よりまんちう、蜜柑の折まいる。
一四八八年六月十六日、今日のお祝の物にまんちうをまいる。
一五三九年二月二十三日、なかはしよりまんまいる。
一五四三年四月九日、なかはしよりまんまいる。

これ以後この日記では饅頭はまんと書かれている。一六〇三年、イエズス会が刊行した『日葡辞書』にも〃マン・マンヂュウ〃として収載され、幕末では武士も関西では〃おまん〃の語を用い、現在でも使われているのは知られている通りである。

始めは上流階級の食べ物、贈り物として愛用されていた饅頭も、江戸期になると天皇家でもたまには臣下等へ饅頭をくれるようになった。沢山貰ったから分けたのかも知れない。すなわち、

一六八〇年六月十五日、本院の御方へまんの折まいる
〃　閏八月三十日、一条殿へまん一折まいる

一六八六年七月四日、居間にて（霊元天皇）はまん、雉子酒を二献おかわりした。霊元天皇三十二歳。甘辛両刀使いだったらしい。綱吉が生類憐れみの令を発する前年である。次の句は但馬仙石家の武士で、青蘿、玉屑に学び、栗の本三世となる。一八二八年没。

三井寺

饅頭にさし向ひけり雲の峰　　草川 宇橋

(4)

山すみれ不ぞろい婆の酒まんじゅう　　古沢 太穂

右は一九七七年、道志村で詠まれたもの。実は昨年の暮、脇りつ子さんから相模川流域の酒饅頭について詳しい資料を頂いた。それによると上流の桂川、道志川を含め、下流は厚木辺りまでハレ食として酒饅頭を作る民家が現存するというのである。一般の家庭で作るということは、当然それを売る職業もなりたつ。甘酒の類を使って作る饅頭は西日本に多く、関東ではパンと同様にイースト菌を利用しているものが多いのではないかと考えていた私にとっては貴重なご教示で、テレビでも紹介された上野原まで行く事にした。

酒まんじゅう湯気立てて軒甲斐に入る　　博一

上野原は山梨県の東の県境にある町。駅舎にある地元の名産品案内には酒饅頭のサンプルが飾られてあり、それには水のきれいなこの地の甘酒を利用しているという意味の説明が添えられてあった。駅は桂川に近いので、段丘上にある上野原の中心部へ行くのには少々歩かねばならない。甲州街道沿いの町並へ出るとすぐ饅頭屋が目につく。女性三人の店員がいる三間ほどの間口の明るい店先につづく作業場も広いが、商品は餡まんと味噌まんのみ。一個六十円で中華饅頭に近い大きさである。とりまぜて幾つか買い、歩いていくとまた二軒の饅頭屋があった。前方の店は大きく、中に新式の自動包餡機があるのが見える。餡まん、味噌まんに加え、塩まん、魚まんとあった。魚まんには恐れをなして手前の老人一人の店に入ると、あん、みそ、ゆず、そば、もろこし、よもぎと種類が多く、明るく清潔な店内である。ただし饅頭でなく慢頭と書いてあるのが楽しい。年齢に敬意を表して上野原の酒饅頭についてたずねてみると、専門店は六軒で、古いのは明治二十年代からとのこと。観光客も少なく、人口もそれほど多くないこの町でそれだけ店舗数があるのには感心。酒饅頭は冷めるとすぐ硬くなるが、蒸したり焼いたりして温めかえせば元にもどるのがよい。試食してみると餡まんの餡は外皮の半分位と少なく、味噌は甘味噌でごく少量だが食べ易い。もろこしやそばなども小豆餡で、小麦粉が少ないだけやや小振りだが、もろこしがいい。またどの品も甘酒の香がほのかに残っている。

店先のふかし饅頭東風散らし　岡田 銀漢

脇さんのレポートによれば相模川流域以外にも東京では、日野、八王子、檜原、高尾、奥多摩などでも一般に作られていた様である。どこの露店でもよく見られる串でさした丸い饅頭の皮に甘味噌を塗ったものは上州名物。前橋や沼田では甘酒で作った皮に串や刷毛とたれなどをセットにして売られている。埼玉県の飯能では味噌つけ饅頭といい、こし餡の酒饅頭を二個串にさし、両面を焼いて甘味噌をつけたものまである。

埼玉県東松山市文化財保護委員会編の『東松山史話』によると、高坂部落では八月一日の祇園祭に麦粉で饅頭を作り、親類、知人に配る風習があり、この饅頭を〝高坂饅頭〟または〝スマンジュウ〟と呼ぶ。作り方は蒸した飯米五合に米麹一枚加えて発酵させたものを〝モト〟とし、飯米一升の粥にモト一合と麹と水を加えて酢を作り、これで麦粉を捏ね、発酵させたものを皮種として餡を包んで蒸す。関東各地にもまだあり、八王子の諏訪神社も〝饅頭祭〟として聞こえ、いずれも自家で饅頭を作ったり、神社で売る祭である。

こうしてみると関東平野の西縁に沿って酒饅頭がつづいているのに気づく。それは畑が多く麦作に適していたり、養蚕や機業地であったりする。例えば甲斐郡内地方（桂川流域をさす）に機業が起こったのは戦国末といわれるが、これが発展したのは江戸初期の領主、秋元泰朝の力による所が大きい。泰朝は上州総社一万石の大名だったが、都留市へ一万八千石で移封。農地の少ない郡内の産業振興のために、上州の養蚕や織物の技術の導入に努めている。秋元氏なくして郡内機業を語れぬとすれば、酒饅頭の分布もまた何らかの関連のある可能性があろう。

峡谷にまんじゅう咲かせ何祭　　三橋鷹女

江戸時代最高の菓子製法書ともいうべき『菓子詰船橋』（一八四一）によれば、餅米一升に水三升で軟かく焦げないように炊いた飯に饅頭用の麹を五合まぜ、飯櫃に入れ密封し、熱湯で湯煎して一晩おき、熟成したものを布袋で漉して汁をとる。この汁は甘酒だがいわゆる〝モトであり〟清潔な器に入れ外気にふれぬようにしておく。次に餅米一升に水二升で炊いた飯に麹を五合加え、前のモトを全部入れてよくかきまぜ、同じく飯櫃に入れ密封し、熱湯で湯煎をし翌日に甘酒の汁をとる行程をくり返す。この汁で小麦粉を捏ねたものを饅頭の皮にして餡を包んだものを蒸せば酒饅頭になる。今日ではもっと複雑な作り方になっているが基本的には同じである。パンについても戦前はこの酒種によるものが多く、イースト菌にくらべ膨張率でやや劣るものの風味はよいとされていた。このことはすでに慶長十四年、スペイン人、ドン・ロドリゴの報告において江戸で作るパンは世界で最良のものと書かれているほどである。

饅頭や貝寄風（かいよせ）街を吹き通る　　永田耕衣

関西では駿河屋の本の字饅頭をはじめ、虎屋、金蝶園、納屋橋など数多い有名な酒饅頭がある。ただ酒饅頭は甘酒の香がかすかに残る程度で酒の香は少ない。また技術的に難しく、前の晩から仕込まねばならないのも不便であり、商品的にも硬くなり易く、温め返せば元にもどるとしても欠点はある。そのため薬饅頭や上用饅頭に酒を加えたものの方が日持ちもよく、香りも強いので多く見かけるようになってきた。しかし酒饅頭はコストの点で安く、砂糖を使わずにすむので、パンや中華饅頭などのように食事ともなり、家庭でおやつとして利用することもできる。

島原半島では饅頭用の甘酒が〝まんじゅうの薬〟として売られ、田植えやお盆などには家庭で作られていた。餡は田植えのときには甘藷に黒糖を加えたいもあんで、お盆には干したそら豆を煮て漉したものを使ったという。そら豆の餡は上品な感じであり、特にそら豆の粉は落雁に適している。前にもふれたが長崎では八月十五日の月おくれの盆にこの饅頭を作りふくれまんじゅうと呼ばれていた。またこの日は聖母マリアの被昇天祭だが、カトリック信者も作り、「ふくれまんじゅうの祝日」とするのは、それが仏教徒をよそおう手段だったとはいえ、酒饅頭が一般に作られていたことを示すものだろう。次の句は昭和十年の作。

到来の饅頭蒸すや春の雪　大場（おおば）白水郎（はくすいろう）

(5)

囀る日葬式まんじゅう薄みどり　中尾寿美子

上部を金型で焼いた小判形の大きな饅頭を葬式饅頭と呼ぶことが多い。正式には春日饅頭というのだが、それは紅葉の模様が焼きつけられていることからきている。檜の図柄の場合にはしのぶ饅頭で古くは金型の代わりに生の檜葉を使ったこともあった。もっとも春日饅頭が仏事に使われるようになったのはそれほど古いことではなくそれまでは白いままの大饅頭だったらしい。いずれにしても「葬式饅頭デッカイそうだ、中にはアンコはないそうだ」などの悪たれ唄は年輩の方ならば記憶されていよう。最近は仏事の引菓子にも挽茶色と白の上用饅頭が多くなり、前記の句もその例である。たしかに上用饅頭の方が高価で日持ちもよいが、新しいものならば春日饅頭の焼目の香ばしさの方がよい。次の句は昭和二十四年のもの。作品としてはともかく、当時の世相がうかがえるようだ。

饅頭を夜霧が濡らす孤児の通夜　西東（さいとう）三鬼（さんき）

祝儀用としては別だが、関東では一般に紅色の饅頭は売れ行きがよくない。しかし関西では紅色の菓子がよく目につき、裏通りの菓子屋に紅白の上用饅頭が並んでいたりする。このことは関東の葬式饅頭と異なり、関西では結婚式の祝儀菓子に饅頭が多く用いられることでもあるらしい。京都では紅白一組の腰高饅頭を〝よめ入り饅頭〟と呼び、湯川秀樹博士の自叙伝『旅人』にも触れられている。饅頭の祖、林浄因がその婚礼に紅白の饅頭を引出物にしたというのは眉唾ものだが、室町時代の婚礼作法には献立の中に饅頭が入っている。『雲錦随筆』（暁鐘成・一八六三）によると、宮中では正月に能師へのおやつとして川端道喜製の紙包みにした赤飯と一条虎屋製の小判形の檜葉焼の大饅頭を与えたとあるからしのぶ饅頭のことだ。前にも書いたが関西では饅頭のことを女房詞から〝おまん〟という。山崎豊子が直木賞受賞の祝賀会で「大阪へ帰ったらお祝いの〝おまん〟を配らなければなりません」と挨拶したら、東京の関係者は妙な顔をしたそうである。東京であれば赤飯か紅白の餅というところだろうか。

蒸菓子の薄き紅刷く雪催　塩谷はつ枝

勿論、関西でも昔から饅頭が葬礼に使われる例はあった。横井也有（一七〇二〜八三）が蕉門の彦根藩士、松井汶村（ぶんそん）に贈った弔文にも「いかで饅頭に涙かはかん、何ぞ栗柿に悲をまぎれん」とある。山本有三の『路傍の石』に明治時代の東京の葬儀では参列者に葬式饅頭や菓子の切手を配る細かい描写が見られるが、東京では安物の菓子袋から始まって、大饅頭や商品券としての菓子切手、後には三つ盛などという高級な引菓子まで使われるようになった。そのせいか大饅頭というと仏事を思い出すことが多いのかも知れない。小形の紅白饅頭では卒業式や各種の記念日、とりわけ最近では敬老の日などにより利用されているのだが。

路地古るや老いの祝いの配り菓子　鈴木烱

敬老の日よと饅頭とどきけり　長谷川健三

饅頭は皮種、餡、製法によってどのようにでも変化し得る。例えば製法でも、蒸す、茹でる、焙く、油で揚げるなどあり、皮種の材料にいたっては数えきれない。その意味では大福餅から柏餅、おやきからしゅうまいまで饅頭の領域にあるともいえる。餡を包みこむということが饅頭の本質である以上、その技術は和菓子の最も得意とするところであり、皮の硬軟、厚さなど自在である。

餡包む手際のほどや鵙（もず）鋭声（とごえ）　中村汀女

岡山の大手饅頭と前書のある句、一八三七年創業といい、岡山城大手門に近かったために名づけられた。新潟県の長岡市のものも知られているが、大和郡山市の城の口餅なども城の入口という同じような場所から由来しているもののようだ。岡山のものは餡の透いて見えるような薄い皮の酒饅頭で、特に珍しいものでもない。薄皮饅頭の類であれば小指の先ぐらいの種で餡を包むのが普通だから、やはり慣れないと難しいものと感じられたのだろう。

　さかえ忌の指頭にのせてくずまんじゅう　　村石　玉恵

材料の点からいえば葛饅頭など特殊なものの一つである。江戸時代も比較的早くからあり、「葛饅頭は五臓まで透きとほり」の古川柳のように、冷やしてよく、その軟らかさでも人気があった。製法では一口香（いっこうこう）が珍しい。上部に焦目があり、見た所はビスケット饅頭の硬いような感じであるのに、食べると中が空洞になっているのに驚く。大きなマコロンの芯が中空になっているという方が分かり易いかも知れない。この手品は小麦粉を米飴で練り耳たぶ位の堅さにしたもので黒砂糖を包み、オーブンで焙く。そうすれば黒砂糖が熔けて周囲の皮につき、中がからっぽになる仕掛けである。これも江戸時代の早くから愛知県の常滑市や長崎などで作られ、現在も名物となっているが、昔は蟹殻餅とも呼ばれた。

　零細企業を一帯に置く中華まんじゅう　　岩間　清志

饅頭の祖国が中国である以上、中華饅頭にふれない訳にはいかない。現在の中華饅頭はイースト菌を利用しているから、蒸したパンの饅頭ということになる。中華饅頭も餡まんはそれほど店による味の差は少ないようだが、肉まんではかなり違いがあるようだ。横浜の中華街などでも同一の工場で作られたものを仕入れて売る傾向が見えるので注意する必要がある。包子（パオズ）と称する小形の中華饅頭をよく見かけるようになったが、包子とは元来中華饅頭のこと。最近、中がスープ仕立てのものが評判になったが、これはスープの煮凝り状のものを餡として包めばよいのであり、一口香と同じ作り方である。

支那饅頭矢鱈貰ひし年の暮　　徳川 夢声（昭23）

長崎くんちとして名高い長崎諏訪神社の祭礼は一六三四年、即ち幕府の第一回鎖国令の翌年に始まる。時に長崎奉行により強制されて行われたこの祭も年々盛大となり、長崎を代表する行事となった。はじめ陰暦九月九日のことであったが現在は十月七～九日の三日間。金の玉を追って踊り狂う蛇踊りなど中国的色彩が強いのも、キリシタンへの恐れから中国文化へ眼を転じさせようとした為政者の意図であろうか。尚、当日家々では庭見せといって座敷に踊る衣装など飾り、庭の灯籠に灯を入れて人に見せる。次の句、下村ひろしは長崎の人。桃饅頭は包子の一種で桃をかたどったものを指すと思われる。

(6)

庭見せの衣装・柿・栗・桃饅頭　　下村 ひろし

今までのことをもう一度まとめてみると、饅頭の最も古い形は酒饅頭で、甘酒で小麦粉を発酵させてつくるもの。おそらくは鎌倉時代の末にも宋から禅僧などが移入したものと考えてよかろう。江戸時代の後期には殆んど全国に饅頭屋がひろまったが、おおむねこの製法であった。一般には関東西部に見られるような大衆向きのおやつの形として残っているが、関西を中心とする一部の高級な菓子屋でもこの技術をより洗練されたものとして生かそうと努力している。

饅頭をいしゃに持たせて追廻し　『柳樽』5
まんじゅうを頭巾（ときん）にあてる子ぼんのう

前の句は、医者をこわがる子供を治療するために饅頭であやす親と医者、後の川柳は弱い子を丈夫に育つようにと修験者のかぶる頭巾に饅頭をあてて子をだまし、無事に祈禱をさせようとする親心を表しているのだろう。勿論、饅頭は酒まんじゅうである。

薯蕷饅頭の製法が書かれたのは江戸時代中期。薯蕷（しょよ）はナガイモ・ヤマノイモの漢名。『古今名物御前菓子図式』（一七六〇）には、「宇陀の山の芋の良品の皮をむき、おろし金ですったもの百匁に、粳米の粉二合と白砂糖百匁を加え、すり鉢でよくすりまぜたもので餡を包み、蒸籠で蒸す」と記されている。ヤマイモと砂糖のペーストに粳米の粉を加えて作るのは現在でも変わらない。薯蕷饅頭は皮が薄く、色、形ともよく、日持ちもするが、砂糖とヤマイモだけで膨張させるため砂糖を多く必要とする。現在では米の粉に対し、一・五倍ほどの砂糖の量になろうか。小麦粉を使わない饅頭の代表で、ヤマイモの風味もあり、今日でも高級な饅頭だ。この様な菓子が造り出されるほど当時の砂糖輸入量の増加ぶりがうかがえよう。白砂糖は上菓子屋にしか許されていなかったので塩瀬などの一部の高級店のみで売られた。関西ではしょよまんじゅうが訛って上用饅頭とよばれている。また米の粉の代わりに蕎麦粉を使ったものを蕎麦饅頭といい、文化文政期に江戸で評判となった。このことから関東では普通の薯蕷饅頭をそばまんじゅうということが多い。

土用入焼印押しし饅頭食ぶ　細見綾子

今日では饅頭といえば小麦粉にふくらし粉を入れて造るものをさすのが普通だが、この薬饅頭がいつから造られるようになったかよく分からない。和菓子の研究で知られる守安正博士の説によれば、塩瀬は林浄因の時代からふくらし粉を使っていたとされるが疑問がある。ふくらし粉は重曹や炭酸アンモニアなどが主原料だから、小麦粉を膨張剤だけでふくらませて饅頭を造るとすれば大量のふくらし粉が必要で、皮が苦くなりうまいものではない。小麦粉に或る程度の砂糖を加えなければふくらし粉を減らすことはできないのである。薬饅頭は酒饅頭にくらべ、材料を捏ねつけるだけで簡単に出来、砂糖が入っているので硬くなるのも遅いなど便利な点もあるが、砂糖が安くなければ大衆化しない。明治以降、砂糖が大量に輸入される時期から急速にひろまったものだろう。江戸時代の菓子に関する文献に膨張剤を使った饅頭に関する記事が見当らないのもそれを裏づけているように思われる。

小夜時雨家喜芋二つあぶりけり　高桑義生

饅頭は蒸すのが普通だが、パンのように焙くものも多い。特に明治末以降、ガスや電気のオーブンが使われるようになると洋菓子の影響も受け、薬饅頭の類を焙いて、例えば開化饅頭、栗饅頭、カステラ饅頭など種々の焼菓子が造られるようになる。蒸したものと違って水分が少なくなるので保存性がよい。形や味にも工夫があり、スイートポテトなど焼藷に似せた菓子など各地に見られる。家喜芋（やきいも）は京都の二条若狭屋の名物だが、薯蕷饅頭を平たく蒸したものに焼目をつけ、胡麻をふり、再度鉄板で表面を焼いてあるので、いわゆる焼藷風菓子とは異なり、工程、形態、味覚とも独自である。薯蕷饅頭なので硬くなれば蒸すか焙ればよい。また薬饅頭を油で揚げれば揚げ饅頭で、酒饅頭なら餡ドーナツに近い。現在のドーナツはイーストを利用したパンに近いものが多いが、菓子屋の餡ドーナツは薬饅頭の類似品だ。

ドーナツがくるくる揚がり菊照る日　柴田白葉女

中華饅頭や酒饅頭は蒸しながら売りたいものである。観光地などでは薬饅頭も名物饅頭として店頭で蒸気を上げているのもよく見られる景だ。焼きながら売るのは上州の焼饅頭だが、露天などのものも味はともかく、味噌の香りがなんともいえない。飯能の味噌付饅頭は、新島田屋一軒になってしまったが、明治七年創業で、当主は四代目。漉し餡入りの酒饅頭を二個串ざしにして焼き、甘味噌を塗って出す。現在では裏通りになっているが、昔はその道路が本通りだったとか。餡は僅かだが饅頭の皮と甘味噌とがよく合っている。

春浅し焼まんじゅうに舌こがす　田山諷子

祇園の茶屋で聞いた芸妓の戯れ唄に次のようなものがあったという。

虎屋の饅頭に餡がない
横づら張ったらにゅっとでた

昔、京ではこの唄がよく唄われたらしい。虎屋系の饅頭は酒饅頭が本流。酒饅頭の一般的な形は皮が厚く、したがって餡の少ないものとすればこの唄の意味はよく分かる。さしずめ関東の「葬式饅頭でっかいそうだ、中に餡こは無いそうだ」の京都編である。関西の有名な酒饅頭の多くは皮が薄く、種々改良されて高級化したものとはやや異なった昔の饅頭の姿がそこには感じられよう。

春眠や伸す手に触る麩饅頭　岩満義孝

最近は鎌倉辺りでも麩饅頭の名を見るが、元来は京都の麩専門の老舗、麩嘉が明治に創り出した商品。正しくは笹巻麩という。生麩に漉し餡を包み、熊笹の葉で三角に包んだもの。日持ちが悪いので注文生産だというが、淡白な甘さと生麩ののど越しのよさは何ともいえない。経済学者の向坂逸郎や作家の芝木好子などもファンだったとのこと。麩嘉は慶応年間創業で禁裏御用もつとめている。

春暑し麩菓（ふうか）のやうな京ことば　後藤 比奈夫

(7)

乾パンに柚味噌を塗りて面白し　徳川 夢声

昭和十八年の作。同じ年「味もなき乾パンなれど新茶かな」の句あり。物資の乏しくなった頃でも乾パンはうまいものではない。夢声は職業柄各地を歩いていたから、上州の焼饅頭でも思いだしたのだろうか。往年のNHK大河ドラマ・『太平記』の発端は群馬・栃木両県の接する辺り。勿論ドラマはフィクションといえ、太平記の時代は未知のことが多すぎる。しかし室町時代は食文化の上でも大きな変化があり、その意味でも興味が尽きない。

炎天に饅頭屋二軒湯気あぐる　連草

栃木、群馬、埼玉の県境はかなり複雑だ。栃木と埼玉の間に細長く群馬が入りこんでいる。両毛線や東武線が繋いでいるものの、利根川や渡良瀬川に区切られたこの地域ではそれぞれ個性があるように見える。例えば群馬県側の桐生や太田では酒饅頭や焼饅頭があるのに、隣接する栃木側の足利には殆んどないようだった。それほど離れていない栃木県内の鹿沼へたずねても、酒饅頭は売られていないとの返事である。ただ群馬県内にしても、例の焼いて味噌をつける串刺しの饅頭は暑い季節は休んでいる店が多い。祭の露店や駅周辺などではともかく、やはり寒い時期の方がよいだろう。

焼まんじゅうまだ作らずと桑の秋　博二

昨年発刊された『聞き書・群馬の食事』（日本の食生活全集）によると、群馬は日本でも指折りの粉食地域らしい。山地の多い上州は、利根川の水源でありながら水田が少なく、養蚕や小麦と雑穀が生計の中心であった。そこに生きる女衆は蚕飼や機織りのかたわら、麺を打ち、おやきなどの間食を作る。例えば赤城山南麓では年間を通して、手打ちの麺またはすいとんの類であったといい、県内各地でも似たようなものであった。ハレの日に作る饅頭では重曹を使った蒸饅頭が一般的だったようで、農家でも酒饅頭の類に関する技術は知られていたと思われるが、手間がかかりすぎるのだろう。

黍咲いて裏土間見ゆるまんじゅう屋　博二

清の袁随園（十八世紀）は乾隆の三大家とよばれた詩人だったが、かなり豪奢な生活ぶりで、大変な食通でもあった。晩年に『随園食単』（食単とは料理メモ）という本を書いているが、その中に或る時、食べた饅頭がよく出来ていたので小麦粉が特別なのかとたずねた所、相手は粉はごく細かければどんなものでもよいが、発酵させる工程が難しいと答えたので、その料理人を招いて家の者に教えて貰ったが、どうしてもうまく出来なかったそうである。袁家のコックともなればかなりのベテランだろうが駄目だったらしい。

上州の酒饅頭は、前橋の片原饅頭、焼饅頭では原嶋屋のものが有名で、共に江戸時代から続いているがこれに匹敵する店も多い。酒饅頭は主に蒸し立てを売り、時間が経てば固くなるが、その際の調理法が面白い。片原饅頭の説明書によれば、①蒸し直す、②こんがりと焼く（醤油でつけ焼きも可）、③バター焼、④から揚げ、⑤てんぷら、⑥電子レンジ。揚げ饅頭はよく見られるが、バター焼や醤油のつけ焼きは少々おどろきである。

酒饅頭が沼田から前橋、埼玉県や東京都の西部を通って甲州街道と、いわば関東平野の西縁に沿って存在していることはすでに述べた。明治以前はほとんどの饅頭がこの酒種法で作られていたが、現在でもこの地方ではかなりの数で引き継がれている。

関西のものは別として、関東から山梨へかけて残っているこの種の饅頭には共通点がある。①餡にくらべ皮が厚いこと、②水田が少ない地域であること、③養蚕や機業に関係ある土地の三点が考えられる。①と②からはこれが間食や補食であるということ。昔ながらの方法で作られた酒饅頭は添加物のない自然食品であり、蒸した菓子パンといってよい。③からは江戸や京などの都市、特に関西のすぐれた技術を吸収する機会が多かったと思われる。例えば飯能の味噌付饅頭は餡を少し入れた饅頭を二串に刺し、焼いて甘味噌をつけたものだが、これは文化文政期に同地に紺屋甚兵衛が肥後へ藍玉を仕入れに行った際、辛子蓮根から思いついたといわれている。

山車花笠老いには饅頭店並び　博二

埼玉県東松山市の関越道のインターでもある高坂の祇園祭で酒饅頭を作ってもてなすことは前にも書いたが、現在では廃れたようだ。八王子市の陣場街道沿いにある諏訪神社は未だに饅頭祭として知られ、八月二十六・二十七日の両日盛大に行われる。神社周辺も住宅地と化し、かつての近郊農村の面影は全くない。以前は各農家で饅頭を作って親類知人に配ったとのことだが、今では境内に饅頭を売る露店が並び繁昌している。広い境内だが全体に新しい感じがするのは、昭和四十一年九月二十六日の台風で樹令三百年の杉が二七〇本倒れ、建造物も全壊し、再建後、日が経っていないからだろう。門前には名物諏訪まんじゅうの看板で酒饅頭だけ売っている店があり、車で来て二十、三十個とまとめて買っていく客が多い。祭の二日間は朝に整理券を出し、一人三十個限りしか売らないといえばその人気も分かろう。小豆餡と味噌餡の二種のみだが本物である。

婆さまの饅頭買いや春隣　高井恵子

以前、敬老の日の新聞の一面トップに「九十二歳現役です！」と大阪の元気な老人へ地元を代表した大阪市議より紅白まんじゅうを贈られている姿があった。翌日の同紙の社会面にはこれまた写真入りで大きく「思いがけぬお祝い・赤飯に笑み・お年寄りの読者を訪問」と東京江戸川区の記事が掲載されていた。別に意識している訳ではなかろうが、東京と大阪での菓子に対する考え方の違いがこれだけはっきり出るのも珍しい。饅頭一つとっても関東と関西の考え方は微妙に異なる。

同じ山国でも信州と上州ではやはり違う。例えばおやきも上州では家庭の間食である場合が多いが、北信濃では商品にしてしまった。勿論、酒饅頭とおやきは食品としても別の種類のもの。同一に論ずることはできないが、興味のある話題になりそうだ。

木挽板菓子舗と彫られ紅葉山　鈴木　烱

Ⅲ

鶴見名物米(よね)饅頭考

鶴見名物米(よね)饅頭考

『江戸名所図絵(えどめいしょずえ)』（天保五・一八三四）の鶴見橋の絵には「橋より此方に米饅頭を売る家多く、此地の名産とす。鶴屋などいへるものもっとも旧く、慶長の頃より相続するといへり」と説明文がある。また「お江戸日本橋七つ立ち」で始まる東海道五十三次の道中歌にも「六郷渡れば川崎の万年屋、鶴と亀との米饅頭、コチャ神奈川急いで保土ヶ谷へ」と唄いつがれてもきた。東海道は今も昔も交通の大動脈。特に江戸という大都市をひかえて当時の旅行ブームもめざましいものがあったらしい。「名物をくふが無筆の道中記」（柳樽拾遺2・一七七〇頃）ではないが、街道における食物も単に食の範囲を超えて一つの文化的な価値をもつに至っている。

初旅の先(マズ)鶴見から喰はじめ　『武玉川』3（宝暦八・一七五八）

よたん坊めがと鶴見で待合せ　『柳樽拾遺』2

もち屋から出て酒のみを待合せ　『柳樽』9（安永二・一七七三）

まんぢうは鶴で茶飯は亀で喰ひ　『柳樽』27（寛政九・一七九七）

江戸時代の中期から後期に移る頃の雑俳や川柳をあげてみた。一句目、鶴見から名物を食べはじめるとは米饅頭にとって名誉なこと。よたん坊とは酔っぱらいを指す。四句目、米饅頭は鶴見で、奈良茶飯は川崎の万年屋で食べる意。すなわち上戸は川崎の茶飯などで酒を飲み、下戸は一里ほど歩いて鶴見で米饅頭を食べるのではないかと考えられるほど盛んであったらしい。享和三年（一八〇三）鶴見橋東岸の市場村明細帳には「米饅頭四十軒御座候」と記され、当時橋の市場村側には鶴屋と亀屋、鶴見村側には二六屋（一名団子屋）が有名であった。

旨とて人をつるみの饅頭屋　『鶯宿梅』（享保15・一七三〇）

鬼百合によねまんぢうの行儀哉　岡田 米仲（享保20・一七三五）

『新編武蔵風土記稿』（文化七・一八一〇）によれば、鶴見の米饅頭は慶長年間（一五九六〜一六一五）、恵比寿屋某が鶴見橋近くに移り住んだ時にはじまるとあるが、正しいとはいえまい。たしかに恵比寿屋は江戸末まで存在するが、慶長年間にはまだ米饅頭の名は無く、もしあれば鶴見餅の類の名称であろう。しかしおそくとも享保には鶴見の名物となっていた。後句、岡田米仲は其角の流れをくむ江戸座の有力俳人で、神奈川宿に友人を訪ねて帰途、鶴見で詠んだ作。前句の雑俳と合せてみてもその間の事情はおおむね理解できよう。

『広辞苑』では、米饅頭は江戸浅草金龍山の麓で売っていた饅頭。鶴屋と麓屋が有名。およねという女が始めたとも、米の粉で作るからとも、野郎餅に対しての女郎饅頭（よね＝遊女・

女郎）の意ともいう、とある。『本朝世事談綺』によれば、天和頃浅草の鶴屋という饅頭屋の娘よねが創製し、始めは辻売りであったが、天和年間（一六八一～八四）の終わりから店を構え、元禄前後最も繁盛したともある。米饅頭は江戸初期に市中で売られ評判となり、金龍山に何軒か店を構えるに至ったものだが、その時期は『世事談綺』よりも古いようだ。歌人戸田茂睡は天和二年（一六八二）すでに『紫の一本』の中で「聖天町にて米饅頭を商ふ。根本は鶴屋といふ菓子屋なり」と書き、「根本は麓の鶴や生みつらむよね饅頭は卵なりけり」（遺佚）と狂歌をのせている。更に西鶴は『好色五人女』（貞享三・一六八六）の中で八百屋お七に「銭八十と松葉屋のかるたと浅草の米まんぢう五つと世に是よりほしき物はない」と当時の流行を取り上げ、『江戸咄』元禄七年（一六九四）版にも、「ここの山の麓の米饅頭は江戸中にかくれなき名物なり。ひととせはやり唄に、金龍山で同道しょ。戻りがひもじか、米饅頭云々」とあるほどの名物ぶりであった。

米饅頭が盛んであった天和・元禄期はまた餅における一つの技術革新が起きた時代でもあった。餅への需要の増大から生産性を高めるための横杵の採用である。それ以前は兎の餅搗に似たタテ杵が使われ、寛永年間（一六二四～四四）の『仁勢物語』、『四条河原図屏風』等の風俗画に女性が搗いている姿が見られる。慶長八年（一六〇三）の『日葡辞書』には鏡餅、小豆餅、餡餅、草餅、葛餅、栗子餅、蓬餅等十六種の餅の名があるだけだが、元禄六年（一六九三）刊の『男重宝記』には二百五十余種の餅の名が記されているほどの増加であるから驚く。

更にこの後も食文化の発達は加速するばかりで、砂糖の大量使用と共に菓子技術の進歩は客の嗜好を単なる餅菓子から他の種類の菓子へと目を開かせていくに至る。

鶴見の米饅頭は『新編武蔵風土記稿』によれば、「今のうずら焼などというものの形のごとくにして小なり。従来の旅人これを籠に入れて苞とす」とある。うずら焼については『嬉遊笑覧(きゆうしょうらん)』(文政十三・一八三〇)に、「其の鳥の丸くふくらかなるに准らへて名付けたるか皮薄くして餡は赤小豆に塩のみ入れて砂糖けなく、唯大いに作りたるもの也」と説明されている。うずら焼は正しくはうずら焼餅であろう。うずら餅は『鷹筑波(たかつくば)』(寛永十五・一六三八)という俳諧撰集にあり、また、『毛吹草』の京の名物に茶屋鶉餅(チャヤのウヅラもち)がみえて、寛永年間には売られていた。次の句、音は値に通じ、皮が薄く作られているのが分かろう。当時は小豆よりも餅の方に価値を感じていたらしく、餃子のように菜が多くて薄皮のものは割高だと思ったのかも知れない。二句目は壮年の芭蕉も参加していた言水(ごんすい)編の撰集『江戸蛇之鮓(えどじゃのすし)』(延宝七・一六七九)の句。大福のような餅菓子は硬くなり易いので、焼大福のようにして売ればベターである。うずら焼は丸くふっくらした形と共に鉄鍋の上で焼いた焦げ目がうずらに似ているからともいわれている。

音高きはよくにやぶけるうづら餅　『鷹筑波』

あんやきの鶉鳴くなる浅草や　仙半風

しかし鶴見の米饅頭は「よねまんぢゅ初手一口はあんがなし」（「川傍柳」初・一七八〇）とあるように餅が厚かったらしい。このことは腹もちがよいことでもあり、旅人や駕籠舁きに好まれた理由であった。大田南畝が文化五年（一八〇八）頃鶴見を訪れて書き記した『玉川砂利』には一個三文、篭代二文とある。串団子は五個刺しで五文、蕎麦のもり、かけ、うどん、汁粉は一杯十六文であったから、腹持ちのよさでは米饅頭の方に分があったといってよい。この点で見ると鶴見のものはうずら焼というよりも腹太餅の小なるものに近い。元禄が終って登場した腹太餅（一七〇五）は形の大きな塩餡餅で、文字通り腹が一杯になる餅であったと思われる。もっとも浅草金龍山の米饅頭にした所で、挿画で見ればかなり大きく、腹太餅と同一の線上にある品であろう。いずれにせよ腹太餅と入れ替るように、米饅頭は江戸の名物菓子の座を下り両国や街道筋などへいわば都落ちとなる。この理由はいろいろあるだろうが、基本的には菓子の進歩にともなう客の嗜好の変化についていけなかったことにあろう。逆にそれ以降米饅頭は場末などでスナック菓子としての地位を得、長く活躍することとなる。

東海道一つとっても米饅頭は決して鶴見だけの独占ではなかった。箱根湯本の三枚橋や知立の芋川、鳴海の桶狭間の古戦場に近い前後なども街道の名物として知られ、大坂名物にあげられた新町橋の米饅頭（安永六・一七七七）もあった。鶴見のものだけが繁盛したのはそれだけの理由があったのだろう。南畝の『玉川砂利』に記された饅頭屋は、末吉屋、ゑびすや、津山、大黒や、かめや、鶴屋、布袋屋の七軒で布袋屋は立場でもあった。享和三年（一八〇三）の市場村明細帳に「米饅頭四十軒御座候」と書かれてある内容は、立売り、下請けなど仕事にかかわっている家の数なのだろうか。『玉川砂利』は一月末のことだから閑散期でもあった。いずれにせよ天保期の俳人、孤山堂卓朗（こさんどうたくろう）の『金沢紀遊』にも「稲むらや餅売る家の軒ならび」とあるような村であったことはたしかである。

鶴見は多摩川を渡って初めての休憩地という条件に恵まれていた。川崎は万年屋を代表とする奈良茶飯や奈良漬などが名物だったので菓子を名物としたこともよかった。しかし決め手は『新編武蔵風土記稿』にあるように、篭に入れて土産物としたことであろう。『嬉遊笑覧』は米（よね）饅頭を「其の形をも米粒の形に作りしなるべし」と書いている。要するに塩餡入りの餅を皮厚にして、当時としてはや丶小さめに作った俵型のものに無造作に焼目をつけた餅を竹篭に入れた土産物である。いくら売れても旅人が食べるだけではたかが知れているもの。土産物とすれば需要は何倍にもなる。例えば静岡の宇津谷峠の十団子（とおだご）は、元来茹でた団子を十個すくって旅人に食べさせていたものだが、江戸初期に、小粒の団子に糸を通して念珠の形として旅の無事を祈る護符にかえ、土産物にまで変身させた。芭蕉の高弟でもあった森川許六の「十団子も小粒となりぬ秋の風」はインフレで団子が小さくなったという意味ではない。芭蕉や許六は十団子が変化したことを知っている時代であった。それから一世紀もすると「団子からぬひ習はせる宇津の山」（『柳樽拾遺』2）と以前のことは忘れられている。

品川で米饅頭をすへらかし　『柳樽』3（明和五・一七六八）

鶴見で買った土産の米饅頭も「品川へ来てながながの口なほし」（『柳樽拾遺』２）などと遊里へ泊ってしまうと、せっかくの土産もくさってしまう。本来塩餡は保存がきかず、夏場では翌日までもたすことは難しい。しかし鶴見の茶屋がもっとも忙しかったのは、夏の大山詣での時期であった。江戸ばなしを集めた山中共古（やまなかきょうこ）の『砂払（すなはらい）』にある道中の囃し文句に、「鶴見じゃアまんぢうはむまそうだが、くゑそうな女は壱人もねへ。しかし山じぶんにゃァいい玉をやとっておくそうだ」とあり、山じぶんとは夏の大山詣での頃をさす。前出の米仲の句などこれらの事情をふまえないと理解し難いかも知れない。『広辞苑』から引いたが野郎餅に対しての女郎饅頭（よね）の意ともいうとある。よねという言葉の持つエロスも否定はできない。また米饅頭という名称に関していえば、餅がハレの日には家庭でも搗いたごく身近な食品であったのに対し、饅頭には純粋に菓子としてのイメージがあり、鶴見餅よりも米饅頭（よね）の方が商品のネーミングはすぐれていたのであろう。江戸で知られた菓子の名前であったことも、東海道の名物とすることに役立ったことはいうまでもない。

これほど盛んであった鶴見の米饅頭（よね）も、明治五年の鉄道開通と共に、またたくまに姿を消し、明治の末にはたった一軒残っていた鶴見橋ぎわの亀屋も店を閉じてしまった。このことは米饅頭が現在のドライブインなどと同じく、街道往来の人を相手としたいわばガソリンのようなものであり、土産物的性格であったことを示している。

鶴見ではその後明治末まで菓子屋らしい店はなかったが、大正以降急速にその数はふえた。

地元の菓子屋としては米饅頭について、多かれ少なかれ関心をもっている。他の地方についてはわからないが、隣の港北区日吉近辺では昭和の初期まで大福餅を米饅頭といい、埼玉県の桶川だったと思うが、戦後まで米饅頭と称して大福餅を専門に作っている店があった。「餅は餅屋」といわれて菓子屋と区別する傾向があるが、筆者の子供時代も菓子屋ではなく饅頭屋と古老に呼ばれていたことも思い出す。

能登にあった総持寺が鶴見へ移転して来たのはそのような時代である。曹洞宗の大本山として越前の永平寺と並ぶ大寺であるから、規模は小さいものの商店街もできた。その門前に近く、米饅頭屋も二・三軒あったらしい。今は廃止されたが京浜急行の総持寺駅のホームで「つるみ名物よねまんちう　本元かめや」と書いたポスターをひろげた和服の紳士の写真を鶴見神社の金子宮司から頂いたことがある。この写真の主こそは最後まで残っていた亀屋の店主その人でもあろうか。本元という文字からは鶴と亀とのかめやを想像せざるをえない。しかしその後、米饅頭の名は総持寺門前から消えてしまう。昔のままの形では限界があったのだろう。鶴の子饅頭などの新しい饅頭が好まれる時代を迎えていた。

大正から昭和へかけて米饅頭への手さぐりが続くなかで、花月園でのことがある。現在の花月園は競輪場になってしまったが、当時の花月園は東洋一の遊園地であり、地元生麦の業者が米饅頭を販売していた。筆者はまだ未確認であるが、明治生まれの地元の古老達が口をそろえていうので間違いではないらしい。それによるとふくらし粉を使った小麦粉の饅頭で名前だけのもの。ただ古老達がその名前の由来を〝生麦のおよねさんという婆さんが作っているから〟

というのが面白い。まさに『広辞苑』そのものである。蛇足であるが、花月園の隣には子生山東福寺という古刹があり、門前で江戸時代から子育饅頭が作られている。この饅頭も花月園で売られたので生麦の〝およねさん〟も小麦饅頭にしたのであろう。何しろ塩餡の大福餅では作り置きもできず土産物には不向きである。

今日では少なくなったが塩餡の大福餅もたしかに存在している。特に埼玉県のそれも中山道ぞいには、注意深く歩けば数軒は見つけることができよう。ただそれらの店で夏季は販売しない。春日部市の隣にある杉戸町には身内の菓子屋があるので製法を教えていただいたことがある。それによると一升の小豆に塩は五～六〇グラム程度であるから日持ちがする訳がない。しかし食べ口はさっぱりしており、現在でも地元にファンが多いというのはうなずけた。最近巣鴨などで売られているものとは全然違う品物である。いわゆる甘くない砂糖など使用したところで、未来の味にはなかなか近づけるものではない。

米饅頭が餅を材料としている以上、現代に適合させるには求肥饅頭以外ないというのが鶴見の菓子屋の共通の認識であった。花月園の品のようでは単なる名前だけとなってしまう。求肥でも原型とは異るが、材質は同じ範囲であり、砂糖を加えることによって商品性を高めるのが狙いである。戦前、さみだれ的に数軒の試みがあったといい、筆者の店でも俵型にした小ぶりの求肥饅頭に米饅頭と焼印を押し、浅い函に入れ、上半に鶴見名物米饅頭、下半に『江戸名所図会』の鶴見橋を印刷した緑色の掛紙をのせて早くから売っていた。共通の悩みとしては求肥であることから、値段のわりにはボリュームがなく、手間もかかるということのようであった。いずれにせよそれらの努力はみな戦争で雲散してしまい、筆者の店も強制疎開で廃業のやむなきに至っている。

戦後、再開したのち、鶴見の菓子仲間もかなり顔ぶれが変わった。戦後も三十年過ぎれば菓子業界もまた別の時代に入る。昭和五十七年、所属している鶴見菓子商工業協同組合の三十周年にあたって、記念事業に米饅頭の復活を提案。包装、販売、宣伝用品などを業者と相談しつつ、協同組合名で整備した。商品名は米饅頭では読み難いので、よねまんじゅうと仮名で統一。基本的な製法の講習を二度開催したが、個々の製造販売については各組合員の自由とした。各店主それぞれ技術者であり、立地条件がすべて異なる以上、各人任意で活動する方がよい。また商品の性格からも大量生産による利点が少ないこともあげられよう。

売り出してから一年ほどは模索が続き、反応もあまり無かった。正直やや厭気がさしたころ、区の広報でとりあげられ、翌六十年の二月にはサンケイ新聞の地方版に記事がのった。更にこの年、地場産業育成の目的で制定された神奈川名産百選に指定される。

この百選に菓子は十二種類（現在は十種類）ほどで大きなはずみになった。これ以降、組合としてのデパートでの実演、テレビ・新聞などの取材も多く、いろいろなガイドブックにも紹介されるにいたった。関係する方々の好意的なご支援も有難く、また新しく発展していることなど当事者の一人としてまことに嬉しいかぎりである。

あとがき

前著『甘味歳時記　お菓子俳句ろん』が出版されたのは平成九年十月であったから十三年が経っている。先師古沢太穂のお許しで「道標」誌上に「甘味歳時記」を連載したのは昭和六十二年九月から平成六年七月までの約七年間。始め一頁が後に見開き二頁となったので原稿の量はかなりふくらみ、その一半に加筆したものを『お菓子俳句ろん』として刊行することができた。

『お菓子俳句ろん』の発行所の二三〇新聞社は平成二年九月創刊の地域新聞社だが、その始めから「和菓子の四季」の題でコラムを寄せ、平成九年九月号で八十五回に達している。『お菓子俳句ろん』の目次の見出しは六十三だから種類だけは多いことになる。今回は菓子の項目を百にした。「甘味歳時記」の残りは読み物風のものが多く、饅頭などは冗長と思われるかも知れないが饅頭は和菓子の大切な部分なので丁寧に扱った。

内容的にも多く集めたつもりでもとり上げられなかったものもある。汁粉や蜜豆などの甘味喫茶の品や果物すなわち水菓子の類もある。焼酎などは辛党へのサービスと思って頂ければ有難い。巻末に米饅頭についての一文を載せたが、虎屋文庫の「和菓子」（平成九年三月）に加筆したもの。どの様な菓子にもそれなりの歴史があるといったら言い過ぎかも知れないが。

現代は変転のはげしい世相であるから二十年も経てば菓子も販売・購買する側ともに大きな変化があることだろう。原稿もなるべく新しく加筆訂正することが望ましいだろうがその余裕がない。

昔をふり返るような感じでお読み頂ければと内心思っている。

小著の刊行にあたって「道標」の先師古沢太穂前主宰、諸角せつ子現主宰のお力添え、二三〇新聞を代表されていた佐藤誠様、また出版の労をとって頂いた本阿弥書店の田中利夫編集長、池永由美子氏に深く御礼申し上げます。

平成二十二年十月

田村ひろじ

菓子名索引

参考文献

『岩波古語辞典』岩波新書
『飲食辞典』本山荻舟著／平凡社
『お菓子の歴史』守安正著／白水社
『小布施栗の文化誌』市川健夫著／銀河書房
『カラー図説日本大歳時記』講談社
『漢字源』学習研究社
『京都の菓子』鈴木宗康著／淡交社
『京の和菓子』岩間重孝著／柴田書店
『京名菓百選』臼井喜之助／白川書院
『荊楚歳時記』守屋三都雄訳／東洋文庫
『毛吹草』岩波書店
『現代俳句大観』素人社
『広辞苑』岩波書店
『古今名物御前菓子秘伝抄』鈴木晋一訳／教育社
『最新二万句』今井柏浦／博文館
『茶道歳時記』佐々木三味著／淡交社
『纂修歳時記』今井柏浦／修省堂
『信濃歳時記』長野県俳人協会編／信濃毎日新聞社
『事物起源辞典衣食住編』東京出版
『昭和新選俳句大観』文正書堂
『昭和大成新修歳時記』宮田戊子編／大文館
『食、味覚俳句を詠むために・俳句用語用例小事典1』博友社
『新歳時記』高浜虚子編／三省堂
『新選俳諧辞典』岩本梓石・宮本朱明編／大倉書店
『新和菓子大系』石崎利内著／製菓実験社
『随園食単』青木正児訳／六月社
『図説江戸時代食生活事典』雄山閣
『川柳、雑俳からみた江戸庶民風俗』鈴木勝忠著／風俗文化史選書
『川柳、雑俳集』日本名著全集／日本名著全集刊行会
『川柳食物事典』山本成之助／牧野出版
『大正一万句』今井柏浦／博文館
『東海道名所記』浅井了意／平凡社
『西日本歳時記』西日本新聞社
『日本食生活史』渡辺実著／吉川弘文社
『日本食生活史年表』西東秋男著／楽遊書房
『日本名菓辞典』守安正著／東京堂出版
『日本の食生活全集　聞き書○○県の食事』（石川・愛媛・鹿児島・神奈川・京都・群馬・埼玉・長崎・和歌山）／農文協
『日本の名菓』鈴木宗康著／カラーブックス
『日本の菓子』富永次郎著／現代教養文庫
『俳句季語事典』高橋仁編／立命館出版部
『俳句歳時記』編者代表・富安風生／平凡社
『俳句歳時記』角川書店
『ふるさとの菓子』中村汀女著／中央公論社
『饅頭博物誌　日本の食文化大系18』松崎寛雄著／東京書房社
『みちのくの駄菓子』石橋幸作著／未来社
『南日本歳時記』南日本新聞社
『武玉川』岩波文庫
『モチの文化誌』阪本寧男著／中公新書
『餅博物誌　日本の食文化大系19』古川瑞昌著／東京書房社
『落雁』徳力彦之助著／三彩社
『和菓子』守安正著／毎日新聞社
『和菓子大系』金子倉吉著／製菓実験社
『和菓子の京都』川端道喜／岩波新書
『和菓子の辞典』奥山益朗編／東京堂出版

著者紹介

田村ひろじ（たむら　ひろじ）

昭和９年（1934年）現在地に生まれる。

昭和32年（1957年）慶應義塾大学経済学部を卒業。

直ちに和菓子舗清月３代目当主となり、現在に至る。

鶴見菓子組合理事長

「道標」同人

「一葉」代表

現代俳句協会員

新俳句人連盟会員

横浜俳話会幹事

横浜文芸懇話会委員

やつなみ学園講師

鶴見区文化協会理事

現住所：〒230-0051　横浜市鶴見区鶴見中央4-28-18

甘味歳時記（かんみさいじき）　続（ぞく）お菓子俳句（かしはいく）ろん

平成二十二年十月十日　第一刷

著　者　田村ひろじ

発行者　本阿弥秀雄

発行所　本阿弥（ほんあみ）書店

東京都千代田区猿楽町二―一―八　三恵ビル

〒一〇一―〇〇六四

電話　（〇三）三二九四―七〇六八（代）

振替　〇〇一〇〇―五―一六四四三〇

印刷・製本＝日本ハイコム

定価はカバーに表示してあります。

ISBN978-4-7768-0674-5 C0095 Printed in Japan